My Perfect Ones

剛剛好，先生

米　琳

我不需要一段完美的愛情，
我只需要，一個剛剛好的你。

序章　有間咖啡店

聽說，某條巷弄內，有間人潮絡繹不絕的咖啡店。

占地約六十坪，佇立於左右五層樓高的透天住宅區之中，雖然擁有寬敞的店面坪數，卻僅有一層樓高，並將天花板特別挑高設計。

咖啡店外觀有點像玻璃屋，全透視的門面，明亮几淨的玻璃拉門，三大面防爆落地窗上找不到一絲髒汙，從店外視角望進裡頭的裝潢擺設，令人眼睛為之一亮——杏色木質地板鋪陳，裸磚漆白牆面，五條粗枝的旋木幹排列於頂。再更往上，挑高的天花板垂墜著兩盞以藤蔓植物作為設計理念的大型燈具，接連左右吊著幾盞可愛的掛飾燈，不同色系的白、黃燈光交錯，將室內襯得明亮柔和。

壁上釘有幾幅以愛琴海為主題的攝影作品，聽說是老闆出國旅遊時，特地帶回的珍藏。

店內將雙人和多人座位分區設置，妥善利用室內格局；與裝潢色調相襯的淺色原木座椅、原木桌柱，搭配滑潤的大理石桌面，更增添質感。

店隅設有吧檯位置，那兒擺放了三張高腳靠背椅的獨立座席，其擁有的絕佳風景，是老闆足以媲美明星般帥氣精緻的臉孔，以及沖泡咖啡時、舉手投足間的迷人風采。

吧檯側邊的嵌入式四層玻璃櫃,也是多數客人上門時,優先會造訪的區域,櫃內有經常不到半日便會銷售一空,各式各樣的每日限定甜品。

「藍色佛朗明哥」和「仲夏圓舞曲」是店內最熱銷的兩樣招牌甜點,不僅造型搶眼、適合拍照上傳社群,甜而不膩的細緻口感,搭配老闆的特調咖啡,堪稱一絕。

店的尾端有一大面白色幾何牆櫃,將各式書籍分門別類、整齊排列,供客人免費閱讀;牆的兩側各有一扇推式木門,右邊進小廚房,左邊是乾淨的洗手間,供店內客人使用。

未經行銷包裝宣傳的「有間咖啡店」,平日裡紛至沓來,等著排隊上門的客人,早已讓老闆及員工們應接不暇,不僅深受在地人喜愛,外籍旅客也都會慕名而來。

據聞,店裡時常會出現帶著不同人生經歷與祕密,前來光顧的客人,每天都有大大小小的故事可以聽,即便待上一天也不會無聊。

而其中最引人津津樂道的,莫過於帥氣的潔癖老闆,和一位樣貌甜美、個性直率的女作家的相處之道——

他們不是夫妻,更不是戀人。

他們只是冤家路窄的大學校友,約莫半年多前,又再度於咖啡店相遇。

下次若有空,不妨到那兒去坐坐。

營業時間

週一至週五：10:00–20:00
週六／週日：11:00–21:00
休息時間：14:00–16:00
「有間咖啡店」期待您的光臨。

第一杯　世界上最遙遠的距離

有些緣分，或許早在從前的某個瞬間，就已經注定了。

直到現在,我仍然難以置信,在這世界上居然會有牟毓鵬這種人。

首先,是他那手寫時特別不友善的名字,除了「牟」姓氏筆畫稍微簡單一些,「毓鵬」兩個字根本是那種考試時,其他同學可能都已經開始答題,他還在為寫名字奮鬥的類型。而那方正的字跡,像極了他一板一眼的無趣性格。

再來,是牟毓鵬總是得理不饒人,雖然他對別人的態度我是不清楚,但他對我說話的態度很差是有目共睹的,從來不懂得要體貼地為我保留顏面,有時甚至還會講到令我無地自容的地步。

他堅持稱之為「忠言逆耳」,但我除了當下被氣到內傷之外,事後並沒有獲益良多的領悟。

不過,牟毓鵬最讓人受不了的,是他凡事追求完美、愛乾淨的潔癖,和一切都要「剛剛好」的強迫症。

他的生活單調且週而復始,早上準時整點起床、出門,準時搭乘捷運,準時上班、開店,分毫不差，規律到讓人頭皮發麻。

標準那種只要跟他約見面，敢遲到一分鐘，就肯定走人的討厭鬼。

在他的世界裡，沒有所謂的偏差值，只有絕對值。

我百思不得其解，為何他老是能在剛好的時間內，出現在特定的地點做他應該做的事，一年三百六十五天、一天二十四小時，從未出過差池——喔，還有那該死的潔癖，簡直有病！

員工們為了達成他對店內整潔的高標準，每天光是打掃就得花上好長一段時間，多可憐啊！

店面的每扇玻璃窗都乾淨得彷彿不存在一樣，害得附近鄰居家的三花貓，時不時就一頭撞上去，喵喵叫個不停。

還有，那廁所是給人用的嗎？

在員工每天照三餐清潔，仔細刷上好幾遍後，洗手台和馬桶都一塵不染，只差沒反光了！

難怪牟毓鵬在列徵人條件的時候，錄不錄取的首要評斷標準，是根據應徵者愛乾淨的程度，有沒有辦法滿足他的嚴苛要求而定。

幸好我不是他的員工，只是常客，否則肯定會被整死。是說就算我想應徵，也肯定不會被錄取就是了。

我趴在吧檯旁的窗沿,明明昨天還是豔陽高照的大熱天,今天溫度卻陡降許多,午後甚至突然下起雷陣雨,絲毫不間斷的雨珠,砸落在瓦楞屋簷上鏗鏘作響。

巷道染上陰鬱的鐵黑色,幾處積水成窪,騎經的腳踏車激起不小漣漪,濺溼了走在旁側的一對小情侶。

女孩稚嫩的臉龐略顯嬌氣,指著右腳處被汙水弄髒的裙襬,高高噘起唇,似乎有些不開心;男孩寵溺地揚起一抹淺笑,摟摟女孩纖細的窄肩,彎身替她拍了拍後,還淘氣地親了她的臉頰一口。女孩被逗得發笑,舉拳輕捶男孩的胸膛,再勾住他的胳膊,繼續並肩前行,直至消失在巷尾。

正值青春、花樣年華的年紀真好,談起戀愛來兩小無猜,情感真摯又純粹。

回想起那對小情侶的互動,內心忽然升起一股感慨……

「與其羨慕人家年輕,不如檢討自己,都多大年紀了,心智還是一點長進也沒有。」

被身後突然響起的男人聲音嚇了一跳,我岔氣地拍撫胸口,「你不是在廚房嗎?」而且,他怎麼知道我在想什麼?我剛剛應該沒說話吧?

牟毓鵬輕瞥了我一眼,走進吧檯,「廚房裡有阿號在,他會處理好。」

阿號是位傑出的甜點師傅,十六歲立定志向,不畏辛苦的在甜點店當學徒,二十一歲便存到一筆不小的積蓄,順利前往巴黎,進入法國藍帶學習,頂著全校應屆十大優秀學生之一的光環畢業。直到二十七歲返國,被多年好友牟毓鵬高薪聘請至有間咖啡店工作。

廚房是他的地盤，牟毓鵬賦予他很大的權限做任何事情。

阿號每天會為咖啡店製作五種不同的甜點品項，其中只有「藍色佛朗明哥」和「仲夏圓舞曲」是固定款，其餘的三種全憑心情而定。

幾個月前，他們合資成立網路商店，開業沒多久就受到美食評論家的肯定背書，瞬間爆紅，各大報章雜誌更是爭相採訪，產量供不應求。

阿號對甜品有所堅持，每日限量供應，為保新鮮的口感與品質，堅持當天宅配到府，因此僅限大台北地區，目前在網路上排隊等候下單的客人，都已經排到年底了。

前陣子，向來低調的咖啡店也被顧客於網上爆料，阿號就是幕後的甜點師傅，再加上新聞媒體大肆報導，接連好幾天店內都湧入大量慕名而來，想品嘗阿號手藝的客人，差點把店面擠爆，造成附近居民不便。

牟毓鵬和阿號追求的理念相同，重質不重量，經過一番討論，決定維持每天的甜點供應量，而在這樣的原則下，也只能讓許多晚來的客人向隅、敗興而歸了。

我百無聊賴地用食指在蛋糕櫃的玻璃上畫圈圈，「哎，好煩吶……我的靈感君到底跑哪兒去了？」眼看截稿日將至，我的寫作進度卻遠不如預期，要是責編阿楠知道我連三分之二都尚未完成，不曉得她會不會拿刀架在我的脖子上，逼我給個交代。

而我的好閨密，杜詩詩這個狼心狗肺的東西，昨天竟然還慫恿我一起去環島，說現在雖受疫情影響無法出國，但正好可以好好在國內深度旅遊，而且旅遊旺季剛過，有幾間熱門的網美民宿都能訂得到房。

聽得我心動不已,差點就衝動了,還好僅存的理智在線,最後仍是做出明智的決定,畢竟若是被阿楠知道,我肯定死無葬身之地,還是有點自知之明,乖乖寫稿吧……

「楊茗寶,妳不要這樣摸,玻璃上都是妳的指紋了。」牟毓鵬出聲制止。

我瞪去一眼,扯了扯唇角,不爽地收手,「不摸就不摸,小氣!」

牟毓鵬的表情像在看一個鬧脾氣的小孩,他將抹布丟過來,「如果沒靈感就去擦桌子。」

「我、不、要。」我忍不住抱怨,「欸,我是客人耶!這就是你的待客之道嗎?」

他似笑非笑,「妳看起來不像。」順便指了指牆上的時鐘,「現在是店休時間。」

我朝他手指的方向看去,長針短針顯示目前三點半,非店內員工的我出現在這裡,的確有些於理不合,但賴皮向來是我的強項。

「我不管。」大家都那麼熟了,難不成他要把我轟出去?

電腦包內的手機鈴聲驟響,我伸長手臂往裡面撈出一看,來電顯示讓我立刻決定將它調為震動,塞回去裝死。

阿楠又打電話來「關心」進度了,真是讓人崩潰,我的內心正在哀號。

從早上帶著筆電進店到現在,我根本還沒開機,更別說會有什麼寫稿進度了。

遙想這半年多來,我之所以三不五時就光臨「有間咖啡店」,是因為這裡總是奇妙地能激發出我無限的創作靈感,順利的時候,一天寫個一、兩萬字都不成問題。

我想，或許自己還是挺任性的，到哪兒不能寫作，偏偏就喜歡待在這裡。我喜歡這裡的裝潢，喜歡店內在各方面精心設計下營造出的氛圍，喜歡圍繞在我身旁的可愛員工們，以及喜歡牟毓鵬——咳，煮的咖啡。

雖然他這個人很討厭，但我不得不承認，他的咖啡手藝實在太好了，會讓人一喝上癮、一試成主顧。

那年，誰能想到法律系的高材生牟毓鵬，會在畢業後放棄無可限量、光明燦爛的大好前途，從頭開始學煮咖啡，還到世界各地尋找開店靈感。途中有幸認識了幾位優秀傑出的咖啡界好手，經過一段時間的相互研習交流，成功帶著一身絕佳的咖啡技藝回國，創業開設「有間咖啡店」。

難道聰明的人做什麼事情都能事半功倍嗎？這個世界還真不公平！

「哈囉，米寶姐。」值晚班的芋泥剛走進店裡，一件白襯衫搭配卡其色長褲，袖口捲至手肘，露出兩截結實黝黑的前臂，與我打招呼的同時，還不吝展現青春洋溢的笑容，讓我忽感一陣心旌蕩漾，年輕的小鮮肉就是好呀。

芋泥本名簡易雲，他並非芋頭的愛好者，聽說綽號起源，是有一回和朋友在泰式餐廳聚餐，帶位的小姐是泰國人，中文不流利且發音不良，把他的名字念得聽起來像簡芋泥，後來朋友們跟著揶揄，久而久之就變成他的綽號。

就跟我的名字一樣，朋友們覺得楊茗寶叫起來不方便，喊著、喊著就變成楊米寶了。

視線追隨著養眼的小鮮肉,我問:「你剛下課?」

芋泥是名大三生,因為雙主修課業稍微重了一些,在店內打工時數排比較少,每週大概三個半天到四天左右。

「沒有,今天沒課。」他將背包收進員工置物櫃後向我走來,笑吟吟地上下打量了我,「米寶姐今天的造型也很繽紛耶。」

我今天穿的白T上,有好幾顆五顏六色的小毛球,搭配桃紅色的短褲,腳踩近期話題性十足的聯名款球鞋,右手還戴著一排閃亮亮的手環。我對配色鮮豔、多層次的穿搭風格就是有種特別的狂熱。

得意地瞥了牟毓鵬一眼,我愉快地揚起嘴角,「怎麼樣?好看嗎?」有人今早見到我時,還說我像是藝術家歇斯底里之下的水彩畫板。

芋泥立刻捧場地豎起大拇指,毫不吝嗇地揚聲稱讚,哪像某人……

牟毓鵬冷笑,「也只有易雲會配合妳。」他一如繼往地大潑冷水,「多數人稱讚是事實,少數人稱讚是給面子。」

「你說話真的非常不討喜。」我皺眉,「稱讚我一下是會死?」

牟毓鵬懶得和我鬥嘴,轉身去忙了。

芋泥靠過來,小聲地問:「米寶姐,我一直很好奇一件事情耶……」

「什麼事?」我漫不經心地應聲。

「妳跟我們老大在大學時期，到底是怎麼認識的啊？你們又不同科系，還不同年級，難道是聯誼？」

過往的回憶瞬間湧上心頭，我面色一僵，想起從前那件丟臉的事情，表情瞬間一陣青、一陣白。

芋泥見我神情不變，趕緊擺手，「如果不方便告訴我也沒關係──」

我深呼吸，定了定神，雖然覺得有些難以啟齒，但還是說了：「不是不方便，只是我和牟毓鵬當初……我們當初……」我搔了搔頭。

那段淵源，究竟該從何說起呢？

「你們當初？」

正當芋泥屏氣凝神，等著聽我說故事，休息時間結束返回店內的胖胖，也靠過來湊熱鬧，「你們在幹麼？」

胖胖本名周恆達，人如綽號，是個近一百公斤、體型圓滾滾，工作起來卻十分靈活的陽光型胖子。他是我母校的學弟，今年即將升大二，聽說家境富裕不缺錢，會來這邊打工，純粹只是因為崇拜牟毓鵬。

他們同為法律系，在學校久聞牟毓鵬學生時期的光榮事蹟，為一睹大神風采而來到咖啡店，正巧當時店內在招人，胖胖得知後，滿腔熱血地說想應徵，牟毓鵬見他做事勤快、愛乾淨，又是同校同系的學弟，便雇用了他。

「在聽米寶姐說故事。」芋泥說。

胖胖抖動著嘴邊肉,一臉興奮,「我也要聽!」

我尷尬地看著他們那副迫不及待的模樣,吁出一口長氣,娓娓道來:「我大三的時候,曾經喜歡過一位設計系的大四學長。有一次我寫了一封情書,想趁學長打籃球時偷偷塞進他的背包裡,結果,因為並列放在籃球場旁的兩個背包實在太像,不小心塞錯了……」

「哦——」芋泥與胖胖對望一眼,馬上猜到後續,「該不會是錯塞進了老大的背包裡吧?」

我點頭,這兩個傢伙腦子動得還真快。

他們眼底亮起更加興奮的光芒,齊聲開口:「然後呢?」

胖胖追問:「老大就把情書拿去還給妳了對吧?」

「不算還……」提及此,我一臉哀怨,「因為,他是用非常糟糕的方式。」

「怎麼個糟糕法?」芋泥問。

餘光發現不知何時已經忙完,站在一旁等著聽好戲的牟毓鵬,我惡狠狠地瞇起眼,咬牙切齒地說:「他把我的情書張貼在學校的布告欄。」

胖胖驚呼一聲,「哇賽!老大這麼狠喲!」

芋泥面露同情地望著我,「這也太……」

我想,他們應該完全無法想像我當時的心情,是如何地五味雜陳。

始作俑者在吧檯內悠哉地擦著杯子，嘴角噙著若有似無的笑意，事隔多年，他依舊對我沒有半點歉意。

我揉著太陽穴，忽然對於分享這段過去感到後悔。

胖胖沉吟半晌，好奇發問：「不過，米寶姐，妳怎麼知道是老大貼的啊？」

「我同學的朋友看到了，傳LINE告訴她，然後她告訴我的。」

剛得知消息時，我差點沒昏倒，下一秒便從座位上跳起來，無視教授的警告衝出教室，直往布告欄一路狂奔，猶如參加五百公尺障礙賽，肺部的氧氣像是要被擠出胸口，心臟更是劇烈跳動。從教室到位於學生交誼廳廣場的布告欄，明明平時走路只需要五分鐘，但在那個當下，儘管我已經跑得上氣不接下氣，卻仍然覺得這段路彷彿沒有盡頭。

好不容易抵達，布告欄前已經聚集了不少圍觀群眾，我深感丟臉地低著頭，默默往前擠，透過人潮縫隙看見那張被兩條透明膠帶固定，張貼在版位正中央的信紙。

我試圖安慰自己，這世界上寫情書的人何其多，喜歡一個人是件稀鬆平常的事，搞不好那封信根本就不是我寫的，我不相信一間學校裡都沒有同名同姓的人，結果仔細一看——

喔不！那封信真的是我寫的沒錯，小熊維尼的印花信紙，略醜卻帶有個性的字跡，信末簽字的署名，還畫上愛心符號……

天啊，還能有更慘的嗎？

有，當然有。

就在我猶豫著該不該穿過人群,上前去把它撕下來的時候,我喜歡的那位學長的朋友,剛好領著學長走到布告欄前,指著情書大聲嚷嚷:「唉唷,不錯唷,有學妹暗戀你耶!」

我發誓,長那麼大,我從來沒有像那天一樣絕望過!

踉蹌倒退一步,我當機立斷決定捨棄那封情書,打算做個縮頭烏龜,去找一處隱密的地方躲起來,偏偏天不從人願,就在我準備偷偷開溜之際,被學長另外一位眼尖的朋友給逮個正著,「咦——那不是楊茗寶嗎?」

於是,我瞬間成為全場目光焦點,在大庭廣眾之下被拱到學長面前,等待告白回應、短短的幾分鐘內,我的胸腔幾乎快關不住瘋狂跳動的心臟,簡直比驚悚片還要令人血脈賁張。

時間宛如在那一刻戛然而止,我屏住呼吸,周圍的鬧騰聲阻隔在耳膜之外,剩下的只有自己的心跳聲……

經過久到足以讓我窒息的一陣沉默後,學長很大方地當眾接受了我的告白,即便後來我們只交往短短不到三個月的時間,就因為個性不合分手,我仍然打從心底感激學長,當時沒有讓我變成一樁笑話。畢竟,要是情書被公開又遭到公然拒絕,雙重打擊下,我大概不是立刻轉學,就是直接在學校裡挖個坑把自己給活埋了。

收回遠颺的思緒,我皮笑肉不笑地說:「現在你們知道,為什麼我跟牟毓鵬是冤家了吧!」

他們點點頭，胖胖接著問：「可是米寶姐，妳還是經常來店裡光顧啊！」

「那是因為每次來這裡，我都會有源源不絕的靈感可以創作……」而且牟毓鵬煮的咖啡實在太好喝了，但這點絕對不能讓他知道，會讓他太得意。

芋泥表示認同，一雙眼四處瞄了瞄，「我們店確實是燈光美、氣氛佳，可以激發出米寶姐的靈感也是很正常的。」

「是不是——」

我附和聲剛起，牟毓鵬立刻冷不防地補上一句：「她寫的是情色小說。」言下之意是在暗指我寫的東西，根本不符合店內的氣質，「而且，妳從早上到現在，什麼也沒寫。」

胖胖瞪圓了眼，低呼：「情色小說？是那種十八禁的書嗎？」

「呃……」我乾笑兩聲，趕緊轉移話題，指指牆上時鐘，「你們看，已經快四點了，該準備開門營業了！」

聽出我不想討論的意味，胖胖跟芋泥摸摸鼻子，散開去忙了，而一旁，牟毓鵬龜毛的強迫症又犯，光是擺個擦手紙在內檯桌面就調整很久。

「你那時真的太過分了！」提起前塵往事，我忍不住又是一肚子的埋怨。

牟毓鵬抬頭看我，神情仍無半分歉意，「不然我應該如何？有一封不屬於我的情書塞在我的背包裡，上頭除了屬名之外沒有任何聯絡方式，請問妳有什麼更好的『歸還』建議嗎？」

我嗎?」

「有、有很多啊!」雖然照他的說法似乎也沒錯,「難道你就不會稍微向同學們打聽一下我嗎?」

他不以為然,「我為什麼要浪費時間?」

我真想把他給活活掐死,說話非得這麼惹人厭嗎?

「有間咖啡店」下午四點恢復營業,也許是因為下雨的關係,客人沒有瞬間湧入,或是因為牟毓鵬最近將多數的店內座位改為預約制,現場候位只排三桌,人數控管有成,不像之前門口天天一堆排隊等進店的客人,有些甚至連休息時間都守在門外。

牟毓鵬隻身在店內巡視,按照慣例檢查每一處的清潔是否落實,順便向幾桌熟客打招呼聊天,經過我霸占的座位時,他驀地停下腳步,蹙眉嫌棄地對我說:「楊茗寶,妳一定要這麼髒嗎?」他指著散落於桌面的衛生紙球和殘留碎屑的蛋糕盤子。

「幫你收拾就好了嘛,這又沒有什麼!」

他盯著我收拾桌面,並把衛生紙球捏進手裡,得理不饒人地繼續說:「妳蛋糕吃完可以請恆達幫妳收盤子。再這麼髒亂的話,就回自己家去。」

我猛翻白眼,不爽到極點,「牟毓鵬,我實在不知道該怎麼說你,你非得對我講話難聽,尖酸刻薄,用你那套潔癖外加強迫症的標準來約束我嗎?」

他雙手環胸,一臉氣定神閒,「妳也可以不要來。」

「牟毓鵬!」我伸手指向他的鼻子,氣呼呼地道:「世界上最遙遠的距離,就是你那壓根有病的潔癖跟強迫症！」

「那我們可能永遠都會保持著『非常』遙遠的距離，以妳這樣『乾淨』的程度。還有，我很確定自己沒有強迫症，沒知識也要懂得會Google。」說完，他轉身走進吧檯替客人煮咖啡，留下氣到快要腦抽的我。

耳尖聽見我們對話的胖胖，趁著空檔過來幫我收走空盤，安撫地說：「米寶姐妳不要介意，老大就是這個樣子。」

「我知道。」望向牟毓鵬忙碌的身影，我還是忍不住撇嘴。

胖胖才離開，另一個耳朵也裝竊聽器的芋泥過來補充：「老大雖然講話直接，經常不太中聽，但他其實心地善良，標準的刀子嘴豆腐心。」

「哼……」這我也知道。

芋泥睨了一眼我的反應後就接著去忙了。

我一直都知道，牟毓鵬雖然個性不討喜、嘴巴很壞，但骨子裡是個好人。

情書事件發生的隔天，我曾忿忿不平地去找他理論，聽我劈里啪啦說完，他卻只是冷靜地問：「你們最後在一起了嗎？」

「是啊，你問這什麼意思？」我戒備地以為他要說話攻擊我。

「恭喜。」

面對我的怒氣，他表現得十分平靜，丟下一聲祝福便頭也不回地走了，留下我錯愕地愣在原地,不知道該不該繼續生氣。

看在和學長有好結果的份上,我也決定不跟他計較了。

原本以為我們不會再有交集,之後的幾次巧遇,仍是讓他在我心裡留下深刻的印象。

因為,他曾經在公車上,從變態的魔爪中拯救過我。

至今回想起當年這件事情,都還會令我渾身不舒服,若不是牟毓鵬及時出現,我根本無法想像後果。

當時,一名中年大叔站在我身後,趁著尖峰時段,公車上乘客滿載擁擠,不斷朝我靠近,他一手抓著公車把手,一手趁勢撩起我及膝的裙襬,在我的大腿內側撫摸遊走。

初次碰到這種狀況,我一時之間恐慌得不知該做何反應,只能不斷抖腳掙扎,並試圖撥開他的手,我無聲的抵抗顯然只是更加勾起他的獸性,就在感覺他整個人都快貼上我的脊背時,我用力地閉起雙眼——

忽然,一陣慘叫,腿上那令人作嘔的撫摸感消失了。

四周瞬間變得非常安靜,乘客們目光都停在變態大叔那隻被扭轉、高舉箝制的手。

我猛然回頭,發現牟毓鵬正抓著他,面無表情地開口:「請問,這裡有一位性騷擾女學生的中年男子,應該怎麼處理?」

我眼中充滿感激,雖然我連他究竟何時搭上公車的都不知道。

車內一陣譁然,為避免變態大叔找到機會落跑,司機緊閉車門,立刻報警。

警察很快趕到，牟毓鵬全程陪我向警察說明情況，直到事件處理完才離開。

那次，我是真的對他心懷感恩。

後來，我們經常會在校園裡或學校附近偶遇，有時我會主動向他打招呼，但多半只是四目相交，並未交談，直至他大學畢業，我對他仍是一無所知，甚至沒有他的聯繫方式，所有關於他的消息，都是從別人口中聽來的。

只是不曉得何時開始，我竟漸漸期待能和牟毓鵬不期而遇，即便只是擦身而過……

當年，身為校草又是法律系高材生的牟毓鵬，以系上第一名的成績風光畢業，卻讓許多崇拜他的女同學跟學妹傷心不已。據聞，在畢業典禮前幾天，有很多女生向牟毓鵬表白，可是最終，沒有任何一位有幸成為他身邊的女孩。

所有人都在猜，牟毓鵬是因為走不出大二時，緋聞女友過世的傷痛，才會封閉內心，無法再接受新戀情。

但我偶爾會忍不住懷疑，牟毓鵬直至現在都維持單身，真的只是因為走不出失去女友的傷痛嗎？

第二杯 婚姻是愛情的墳墓

如果婚姻是愛情的墳墓,那麼等走到世界盡頭,妳還想在一起的人,會是誰?

杜詩詩兩週前訂到「有間咖啡店」的雙人座位。

週六晚間八點,座位只保留十分鐘,她很準時踏入店裡,腳踩價值不菲的香奈兒小羊皮羅緞黑色包鞋,一身豔紅色性感惹火的貼身洋裝,襯托出她婀娜多姿的妖嬈曲線,風情萬種的波浪長捲髮披散在身後,白皙美背若隱若現。

她的出現,瞬間成為全場男士們的目光焦點。

有幾位男客人炙熱的視線緊緊跟隨,忘記身旁還坐著自己的女伴,而那些女人,有的不以為然,有的抑制不住妒意,低頭竊竊私語。

我窩在熟悉的座位一隅,發現苗頭不對,打算裝作不認識她,轉身盯著電腦螢幕打字裝忙。

但杜詩詩婉拒芋泥的帶位,筆直朝我走來,讓我完全沒得閃避。她看穿了我的心思,拍拍我的肩膀,「楊米寶,妳吃了熊心豹子膽,想裝作不認識我?」

我心虛地縮了縮脖子,咧嘴擠出笑容,「嗨……」

她哼聲，雙手抱胸，「妳果然在這裡。」

「妳穿成這樣是想引人犯罪？」她這副打扮讓我好有壓力，我一點都不想被眾人行注目禮啊。

「我等等要去夜店啦！」杜詩詩說。

「喔……」視線越過她，我看了眼跟在她身後進店的男人，在芋泥的帶領下入座。

這是我第二次見到杜詩詩的男友范建誠。

第一次見面是在餐廳，杜詩詩跟他交往滿三個月，帶來給我鑑定，我一向對她交往的對象沒有太多意見，因為她懂得保護自己、愛惜自己，絕對不會因為男人受委屈。只要她覺得感情淡了，互相不珍惜了，就會和平提出分手，之前交往過的幾任男友皆是如此。

我甚至不曾見她為哪一段感情傷神太久，多半兩三天而已，就好像沒事人一樣正常過日子，吃好睡好，完全不會折磨自己。

杜詩詩是個從頭到腳、由外至內，都令人羨慕不已的女人，她貫徹愛自己為第一優先原則，在感情中，與其說她是過度保護自己，不肯交心，不如說她很清楚愛情只是生活中的調劑品，只有把自己過好了，有美好的生活，才會出現值得交託感情的對象。

我挑眉，「跟男友去夜店？」這樣有什麼樂趣可言？

「建誠的朋友在夜店包場，開生日派對呀！」

哎，有錢果然就能任性……

「還真『熱鬧』。」我瞥眼尚未完成的稿子,由衷地嘆氣。

杜詩詩見我沮喪,也猜得出來我是在為截稿日將近而煩惱,她笑著捏了捏我的圓臉,接著東張西望,「咦,他呢?」

不用她指名道姓,我也知道她問的是誰,「牟毓鵬在廚房裡。」

「嘖,想不到他對妳挺好的嘛!還會特地把吧檯側邊窗台,獨立一人的位子保留給妳。」杜詩詩別有深意地勾唇,一副案情不單純的模樣。

我摀住她的嘴要她小聲點,免得讓其他客人聽到引起不滿。

她拉下我的手,抬眉,「幹麼?怕被人知道你們感情好呀?」

我悶聲,「座位才不是他幫我留的,是芋泥跟胖胖。」牟毓鵬最好是有這麼好心。

杜詩詩瞇了瞇眼,壞笑,「但他身為老闆卻默許了呀。」

這麼說,似乎也有些道理……

不對,以牟毓鵬的個性應該只是嫌麻煩,反正他店裡生意這麼好,不差這一個座位,而且我也是客人,也有付錢消費,他還不給我打折咧!

「妳別亂說。」

杜詩詩先是用手肘頂了頂我,笑得一臉曖昧,忽然像是想起什麼,快步走至范建誠身邊,向他拿了其中一只購物袋後又折回來。

我的視線順著她移動的方向望去,范建誠一身黑,剪裁合身的名牌襯衫搭配西裝褲,低調奢華的腰帶及手工皮鞋，光是左手腕上的精工名錶就價值一間套房的頭期款。

「范建誠家缺不缺傭人？我乾脆轉行算了。」我自暴自棄地說。

范建誠的家境富裕，是電子零件上市上櫃公司的小開，杜詩詩成天跟著他吃香喝辣，到處遊山玩水，讓人欣羨不已。這兩個人奉行著及時行樂的生活態度，彷彿人生中都沒有什麼事情值得煩惱。

「妳在胡說什麼，幹麼要轉行？」杜詩詩不認同地搖頭，揚聲道：「那會埋沒了妳的能力，妳天生就是寫情色小說的人才啊！」

「小聲點啦，妳把我講得好像在從事什麼不正經的行業……」乍聽之下都不曉得是褒是貶。

「欸，我是妳的忠實粉絲耶！妳出的每本小說我都有買。」她露出一副得意模樣。

「對，妳還一次買二十幾本到處送朋友。」我猜她身旁的朋友大概沒有人不知道——杜詩詩有一個好閨密，專職寫情色小說。

「那當然。下次應該叫妳先每本都幫我簽名，我再送出去。」

杜詩詩天生人見人愛，除了長相比較容易激起女人的嫉妒心之外，其實到哪兒都很吃香。她性格活潑開朗、平易近人，笑容經常掛在臉上，只要是和朋友有關的事情，便會義不容辭、兩肋插刀，有空還會去流浪動物之家照顧浪浪，從高中到現在一直都是如此。

我們自幼一起長大，高中畢業後才因考進不同大學而分開，她赴南部讀書並工作了一段時間，前年才回北部，但無論我們在不在同一座城市，相隔的距離有多遙遠，她都是我最好的姊妹，無庸置疑。

如今她不僅事業有成，不久前更剛升任流行雜誌公司的總編，又幸運地交了一個既有錢又專情、疼愛她的男朋友，簡直就是愛情、事業兩得意的人生勝利組。

見她過得這麼好，我比誰都開心，因為她值得。

瞄了一眼杜詩詩手裡的紙袋，我猜道：「妳剛剛是不是打算拿什麼東西給我看？」

「喔喔喔，對！」她賊笑，神祕兮兮地湊過來，打開紙袋向我秀出裝在裡面的東西，「妳看，這是我等一下要送壽星的生日禮物。」

我往紙袋內看，「這什麼？」

「第三代R20。」她眨眨眼，對自己準備的禮物十分滿意，得意地說：「我們剛剛逛街買的。」

我這才意會過來，瞪大了眼，「妳買這種東西給人家當生日禮物？」這是飛機杯耶！聽說是讓男生可以「自己來」的神器。

她噘嘴，咕噥低語：「不然也不知道要送什麼啊，有錢人又不缺什麼……」

「他單身喔？」

「對啊，聽說已經單身半年多了，反正他跟前女友本來也只是各取所需，講好聽點是男女朋友，講難聽點是炮友，我現在送他這個剛好，有需要的話可以自己來。」

「妳確定他會需要嗎？」有錢的公子哥應該不缺床伴吧？

「管他需不需要，反正我覺得這禮物送得很有創意。」杜詩詩自得其樂地說。

「范建誠沒表示意見？」

「他很支持我耶！」

我眼白一翻，「你們還真是絕配。」他們倆要是結婚，范建誠肯定是個妻奴。

「那妳要不要考慮把這個寫進小說裡？」她興致高昂，像是幫我想到了一個好點子。

「我要是寫這個，就不需要女主角，那也不算是情色小說了，頂多是九萬多字的飛機杯使用心得。」誰會想看一個男人與飛機杯的故事。

「也是……」

我瞥眼在座位上低頭滑手機的范建誠，推了她一把，「欸，妳快回去陪他啦！不要把男友晾在那裡太久。」

杜詩詩點點頭，向我揮了揮手，「那我走了喔。」

她前腳剛離開，芋泥跟胖胖隨後就湊了過來，「米寶姐，那位客人是妳的朋友嗎？」

「嗯，她是我閨密。」我對這種問題以及他們表現出來的反應司空見慣了。

「哇，她超正的欸！根本就是女神！」

芋泥跟胖胖齊聲讚歎，只差沒有眼冒愛心。

我擺擺手，失笑道：「是是是，她很正，但你們看看就好，人家已經名花有主了。」

「知道啦！她男友長得滿帥的，根本就是郎才女貌、天作之合。」

算他們有自知之明，我喝了幾口咖啡，轉身打算繼續和稿子奮鬥。

杜詩詩跟男友待到咖啡店快打烊才離開，待我收拾好東西也準備要走時，聽見有人進店的聲音。

芋泥禮貌地告知：「不好意思，今天的營業時間已經結束了——」

我背起包包轉身，發現站在店門口的客人時，錯愕地愣了一下。

那人打斷芋泥的話，直喊我的名字：「茗寶。」

她是我的姊姊，楊茗萱。

半小時前我們簡短地通過電話，她問我人在哪兒，我如實以告，孰料她竟然會直接跑來找我。

蒼白的面容上脂粉未施，披散於肩後的中長髮有些凌亂，她看上去憔悴又狼狽。

不知該從何關心起的我，張著嘴，遲疑了幾秒才出聲：「妳怎麼會來？」

楊茗萱越過芋泥，朝我走近，「拜託，茗寶，我需要跟妳聊聊。」

今天來店裡找我的人也未免太多了吧……

我為難地看了芋泥一眼，他似乎察覺氣氛不太對勁，貼心說道：「那我先去收拾桌子。」

牟毓鵬和阿虢邊聊邊從廚房走出來，他們似乎在討論新蛋糕的樣式及口味，整晚都待在裡面。

牟毓鵬看見楊茗萱，以為是一般客人，「我們已經打烊了。」

聞言，楊茗萱神情黯然低頭無語，我無奈地問：「那個……牟毓鵬，她是我姊，能讓我們再待一下嗎？」

現在這個時間點，附近應該也沒什麼咖啡店還開著，我想不到能去哪裡，拜託牟毓鵬是最快的選擇。

暫且拋下與他的「私人恩怨」，我好聲好氣、雙手合十，「拜託？」

牟毓鵬睨著我，靜默了幾秒才答應，「我在研究一款新進咖啡豆的煮法，妳們可以待到我練習結束。」話落，他拍拍阿號的肩膀，「今天辛苦了。」

阿號點點頭，與我眼神示意道別後，就先下班了。

胖胖和芋泥各自收拾店內桌椅、打掃環境，刻意避開我們這一區，留給我們能自在談話的空間。

我拉著楊茗萱在吧檯邊坐下，「妳怎麼了？」不久前通話時，她的聲音聽起來似乎還好好的，怎麼現在一副快哭的模樣？

楊茗萱面有難色，時不時低頭摳指甲的舉動，隱約顯露出她內心的焦慮不安。

過了許久，她才緩緩啟齒：「茗寶，有件事情，除了妳之外，我真的不知道還能跟誰說……」

每個要講祕密的人，開場白都是這麼說的。

我點點頭,屏息以待。

聽其他人講祕密的時候,我還不至於會如此緊張,但她是我的家人,要是突然說出什麼晴天霹靂的事情,我根本無法想像自己會做何反應。

儘管我表現出願以正向理解的態度,楊茗萱仍然欲言又止。

我默默觀察她臉上微妙的表情變化,感覺一顆心也跟著被高高提起,就像是搭乘雲霄飛車登上了高點,不曉得何時會急速墜落一樣。

等了一會,她依舊遲遲無話,我耐不住性子地道:「姊,我們是家人,無論發生任何事情,都可以一起商量的——」

「我外遇了。」

大概有幾秒的時間,我的腦袋一下子轉不過來。

短短四個字便令我頓時語塞、不知所措,有些難以消化。

額頭兩旁隱隱跳動的太陽穴,使我不禁皺起眉頭。

楊茗萱隨著我的沉默變得更加焦慮,甚至開始咬起指甲周邊的死皮。

我滾動喉頭,嚥了嚥口水,低聲問:「什麼時候的事?」

「已、已經五個多月了……」楊茗萱神情羞愧。

「為什麼要告訴我?」她一直都沒說,現在卻突然跑來告訴我,必定事出有因吧?

「我今天跟妳姊夫吵架……一怒之下,脫口而出想離婚,你姊夫就帶著兩個小孩回公婆家了，說要讓我一個人冷靜冷靜。」

「你們為了什麼事情吵架？」

她支支吾吾，「就生活中一些雞毛蒜皮的小事……」

我閉了閉眼，壓下心頭忽然竄起的煩躁感問：「妳外遇的對象，是誰？」

楊茗萱顫抖著唇不肯說，直到受不了我的逼視，才含糊不清地坦承，「是我、我的高中同學。」

「妳瘋了！」我想不到其他更貼切的形容詞。

她急忙地想解釋，好說服我能體諒她的行為，「茗寶，我是真的喜歡他，我從很久以前就喜歡他了，只是那時礙於高中畢業，我們分隔兩地……」

但這些話我一點都聽不進去。

待調適好心情，我語氣嚴肅地開口：「無論當初是什麼原因才導致你們沒有結果，但妳現在有老公及兩個孩子，這已經不是單純喜不喜歡的問題了。」

「可是我想跟他在一起。」她任性地說。

「難道妳不是因為愛姊夫才跟他結婚的嗎？現在就一點都不愛了嗎？」身為一個妻子、兩個孩子的媽，她怎麼能夠如此輕易地說出想跟別的男人在一起的話。

楊茗萱不負責任地回嘴：「那時是因為懷孕了……」

「當初沒人拿刀架在妳脖子上逼妳結婚，哪怕是有了孩子，妳也可以有其他選擇，但是妳自己決定嫁給姊夫的！」儘管我努力想克制說話的音量，仍是失敗了，餘光瞥見胖胖自遠方望過來的眼神。

楊茗萱緊咬下唇，被我的話堵得啞口無言。

「姊夫難道對妳不夠好嗎？多少人羨慕妳能有這麼一個疼妳的好老公，會賺錢又顧家，還是孩子們心目中的好爸爸，根本沒得挑剔。妳擁有如此幸福美滿的家庭，到底還有什麼不滿足的？」我臉色凝重地斥責。

楊茗萱辯解道：「茗寶，我太年輕就嫁給妳姊夫了——」

「妳不覺得自己現在說這些很可恥嗎？」我已經聽不下去了。

她的確是在二十三歲、正值青春年華的年紀，因為意外懷孕嫁給姊夫，但當時雙方家長都十分滿意這門婚事。

畢業後，姊夫也憑著本身卓越的才能與專業技術，應徵進知名科技公司上班，月薪比同屆的人要高出兩、三萬，至今晉升到年收破百的高階職位。身邊的人無一不羨慕她，覺得她不僅嫁給了愛情，還嫁給一個薪水高、顏值高、身高高的三高績優股。

即便如此，她仍然身在福中不知福！

「楊茗寶，妳根本就不明白，婚姻就是愛情的墳墓……」

「如果婚姻是愛情的墳墓，那麼等走到世界盡頭，妳還想在一起的人，會是誰？是那個男人，還是姊夫？」

話剛說完，我們兩姊妹一同陷入沉默。

雖然我沒預想過楊茗萱會做出這樣的事情，如今得知卻也不是特別意外。

早在婚後不到三年，楊茗萱就開始徬徨，懷疑這真的是她想要的嗎？

而她內心的迷茫不安，以及對於現況的不滿，也逐漸反映在她的家庭生活之中。

當年在與家人們反覆討論後，楊茗萱獲得姊夫的支持，決定投入職場，期間陸續換過三、四份工作，好不容易才在現任的公司安頓下來，當個會計出納。

她的生活重心終於不再只有老公、孩子，而是多了事業上的成就以及工作夥伴，偶爾下班的小酌聚會、員工旅遊等活動，都讓她漸漸找回心理上的平衡。

即便如此，在楊茗萱的內心深處，仍然抱有一個在年輕時，沒能有機會多認識不同的男生，好好享受幾場不一樣的戀愛的缺憾。

所以，她又怎麼會曉得姊夫的好呢？

人往往都渴望去抓住一些不屬於自己的東西，卻沒能好好珍惜身邊已經擁有的。

看著這樣的楊茗萱，我忽然感到陌生，或許連她都沒發現，此刻自己的眼中，正閃爍著期待、貪婪的慾望，她想得到更多，想做些瘋狂的事情，彷彿唯有那樣，才有辦法填補多年來內心的空虛、生活的乏味。

「犯錯的人，都會為自己找藉口。」我無法認同楊茗萱的想法和行為，但既然錯誤已經造成，事情總得解決，「所以呢？妳打算怎麼做？」

楊茗萱眼神迷茫,搖了搖頭,「我也不知道。」

原來她在決定把祕密告訴我之前,還沒想好接下來該怎麼辦,只是因為憋在心裡太難受了,所以希望我能陪她一起承擔,成為她的共犯。

楊茗萱很狡猾,她有十足的把握,我不會把這件事告訴姊夫。無論是為了爸媽、姊夫,抑或是兩個可愛的小外甥。所以最終,我會別無選擇地睜一隻眼、閉一隻眼,如此一來,她就能更加肆無忌憚了。

「是誰先開始的?」

「沒有誰先開始,就是半年前,我們參加高中同學會,喝了點酒……」

「酒後亂性?」即使我再淡定,一想到這件事情萬一曝光的嚴重後果,也很難不生氣。「妳一整晚沒回家?」

「沒有。」她越說頭越低,根本不敢看我,不想面對我責備的眼神,以及對她感到失望的神情。

「姊夫沒有起疑?」

「那時他正好出差。」

「兩個小毛頭呢?」

「送去我公公婆婆那裡了……」

我冷笑,「妳還真行。」

「茗寶，他妳也見過的。」她低聲說：「妳還記得在我高三那年，某天去接妳下課，託妳幫我拿情書給一個人吧？」

我沉思半晌，努力回想那個人的名字，不確定地開口：「陸……皓明？」

「嗯。」

見楊茗萱點頭，我的眉頭皺得更緊了。我不喜歡那個男人，從幫她遞情書見到的第一眼起，就完全沒有好感。

他的站姿三七步，態度吊兒郎當，雙手插在口袋裡，嘴角噙著不可一世的笑容，即便體態陽剛，相貌濃眉大眼，擄獲不少少女們的芳心，但在我眼裡，不過是個小混混罷了。

我當時就嚴重懷疑楊茗萱的眼光，如今過了這麼多年，她仍然眼殘。「我記得陸皓明這個人，但看不出來有哪裡好。」姊夫和他相比完全有過之無不及，儀容乾淨整潔，態度端正，五官斯文俊秀。說到迷人，科技公司裡有那麼多仰慕姊夫的女職員，都不見她著急，反而放著家裡的好老公不珍惜，偏要吃窩邊草，如此識人不清。

「茗寶，愛情本來就是不理智的。」

「再怎麼不理智，妳也該想想兩個孩子跟爸媽。」我冷聲道：「除了替妳保密以外，我不覺得自己有辦法幫妳，似乎也罵不醒妳。若妳仍然執意聽我的意見，那就是趁早處理掉婚外情，好好回歸家庭。」

楊茗萱斂下眼，淡淡開口：「我知道……」

「知道」跟「會不會做」是兩碼子事，而她顯然只是「知道」而已。

「陸皓明沒有家庭嗎？」我問。

「他前年離婚了。」

「小孩呢？」

「沒有。」

「第一次是酒後亂性，那後來呢？為何不是一夜情，反倒成了外遇？」

「發生關係後的隔天，雖然我們交換了聯絡方式，但我們都知道這是錯誤的，不應該繼續。我本來也沒有打算再跟他聯絡，從公婆那兒接回小孩，等妳姊夫出差回來的期間，我告誡自己要忠於家庭，不該再有其他念想，但心底還是……總之最後是我先忍不住，主動打電話給陸皓明的，沒想到他也有這個意思，才會演變至今一發不可收拾……」

撇開楊茗萱犯錯在先，陸皓明的上一段婚姻會以離婚收場，顯然不是沒有原因。跟一個有夫之婦發展婚外情，完全不覺得有任何道德上的問題，一個巴掌拍不響，這兩個人根本錯得離譜。

「如果妳跟姊夫離婚，兩個小孩是歸妳還是姊夫？」我假設性地問。

「我暫時……還沒想過要離婚。」

我怎麼會有這樣的姊姊，居然還能厚顏無恥地說出這種話。

「妳能別一直講那些讓人覺得不可理喻的話嗎？」我腦仁生疼，擺著一張臭臉道：「不離婚，妳是打算讓姊夫一直戴綠帽嗎？」

「茗寶……我雖然想跟皓明在一起，但我心裡其實也很清楚，我跟他終究只是露水姻緣，不會有結果的。」

楊茗萱擁有完美的婚姻、老公的疼愛，又有兩個那麼可愛的小孩，換作是任何女人都很難放棄。所以明著擁有幸福美滿、人人稱羨的婚姻生活，背地裡又享受著偷情的刺激與快感，說穿了，就是魚與熊掌都想兼得。

但這世界上，真的有一輩子都不會被揭穿的謊言嗎？

我擰眉，語重心長地道：「我不管你們之間是不是露水姻緣，既然已經有家庭，就應該謹守本分。如果妳真的那麼喜歡陸皓明，非要跟他在一起的話，就該先放手讓姊夫自由，儘管那對雙方、對小孩都是很大的傷害，但好過這樣慢性折磨。畢竟傷痛終會過去，但長久的背叛，卻會毀了人與人之間最基本的信任。」

欺瞞的背叛是最不可取的，我有過切膚之痛。

楊茗萱默不吭聲，點了一下頭。

「我覺得妳不是真的喜歡陸皓明，只是貪圖背叛婚姻的快感罷了。」以謊言包裝成的喜歡，是為了不讓自己太過難堪。

正因為看穿她這樣的念頭，才讓我更難以接受，覺得荒謬至極。

「我……」楊茗萱張口想反駁，卻在對上我的雙眼時，心虛地再度說不出話來。

「斷了吧,如果妳還有一點良心的話。」

接近午夜,我和楊茗萱才終於談完,待她離開咖啡店,我趕緊向牟毓鵬道歉,「對不起,拖到這麼晚,你的咖啡練習好了嗎?」

他慢條斯理地洗著手,抬頭瞥了我一眼,沒有回答。

我猜他大概是生氣了,芋泥跟胖胖早就已經下班,他卻因為我的關係,到現在都還不能回家。

「對不起……」

拿起布巾擦乾雙手,牟毓鵬走出吧檯,繼續沉默。他關掉店內所有的燈,只留下門口處的一盞。

「你在生氣嗎?」我提著包包,亦步亦趨地跟在他身後。

直到我們走出店外,關妥鐵門,牟毓鵬才開口:「回家注意安全。」

未料及他會溫馨叮嚀,我愣了一下,叫住那道正準備離去的背影,「你都聽到了吧!剛剛我姊的事……」我跟楊茗萱就坐在吧檯邊上談話,他在檯內研究咖啡的煮法,距離那麼近,不可能什麼都沒聽見。

牟毓鵬頓住步伐沒有回頭,半晌後才轉過來面向我。

「你……有什麼想法嗎?」我突然很想知道身為男人,他會怎麼看待這件事情。

他的臉上閃過一抹複雜神色,但過了一會,也僅是淡淡地道:「我是外人,沒資格多言,也沒有什麼想說的。」

「真的嗎?」那他剛才為何露出那副表情,是我看錯了嗎?

「就這樣。」語畢,牟毓鵬調頭離去。

返家途中,我想起和楊茗萱在店內談事情時,牟毓鵬全程都只是安靜地在旁煮著咖啡,後來他究竟已經練習結束多久了,我壓根未作留意,但他卻沒有催促我們,反倒耐心等我們談完——

「老大這個人,總是把體貼藏得很深,在妳的每個不經意之間……」

前幾天,芋泥在閒聊時說的話,現在我好像慢慢能懂了。

第三杯　愛情離開的時候

我們不是不敢走出一段已經搖搖欲墜的感情，而是不想遺忘，那個曾經為愛奮不顧身的自己。

「我喜歡你！」

吧檯前傳來的一句告白聲，打斷了我寫稿的靈感。

停下敲擊鍵盤的雙手，我從電腦螢幕上移開視線，好奇地望向聲音來源，豎起耳朵。

一位容貌十分清麗的女孩，年紀約莫二十出頭，骨碌碌的圓潤大眼，令人聯想到小鹿斑比。她正盯著吧檯內那抹挺拔的背影，如羽扇般纖長的睫毛眨啊眨，兩頰有些可愛的雀斑，未擦上口紅的唇瓣，透著粉嫩水潤的自然色澤。

可惜，她喜歡的不是別人，正是牟毓鵬這塊不解風情的木頭。

跟這種人告白，下場通常都只有一種——

牟毓鵬轉過身，不出所料地回應：「抱歉，我不喜歡妳。」

橫豎都是要拒絕對方，他就不能把話說得婉轉一點嗎？非要這麼直接了當，也不擔心會不會傷到女孩子的心。

然而，女孩並沒有因此受挫，不死心地追問：「你有喜歡的人嗎？」

「沒有。」

「那為什麼不能給我一次機會呢？」她的語氣不慌不忙，完全感覺不出她上一秒才剛被拒絕。

光顧咖啡店半年多以來，我見過不少女生向牟毓鵬告白，每個都落得失敗收場。多數人被拒絕後心碎了滿地，頭也不回地跑了，很少有人還願意留下來繼續奮鬥。

真是位勇敢追愛的女孩，我忍不住在心裡為她鼓掌。

「我不覺得我會喜歡妳，又何必給妳機會。」牟毓鵬不為所動，無情地說：「不要把時間浪費在我身上。」

「這只是你的感覺而已，事實未必一定如此，就未知的機率而言，你還是有可能喜歡上我的，不是嗎？」

這女孩是讀理工科的嗎？竟然在跟牟毓鵬探討機率性問題，還大玩文字遊戲。

我所處的位置極佳，既能把他們的對話聽得一清二楚，又不會顯得太過明目張膽。胖胖晃過來假裝整理桌面，湊熱鬧地朝我低語：「欸欸，米寶姐，妳不覺得這個女生很有想法嗎？」

我拋去一記白眼，涼涼地開口：「喔，是美女就叫有想法，不是美女就叫死纏爛打？」

胖胖不堪揶揄，一張圓潤的臉龐立刻漲紅，「哪有！」

「哪沒有？上次那個被你們家老大拒絕又盧很久的，你為什麼就說人家不要臉？」

胖胖連忙解釋：「那是因為她被拒絕後的表情很浮誇，一副老大辜負她的模樣，還驚擾到店內其他客人。」

「是嗎？」我狐疑地瞥眼，「我記得那個女生也沒多激動，頂多就是面部表情多了些，至於客人之所以會被驚擾，那是因為她的手肘不小心撞掉了擺在桌上的手機，才會驚呼引起關注的吧？」戳破他的藉口，我挑起一道眉，笑了兩聲。

胖胖自知百口莫辯，撓了撓鼻子，見門口走進客人，放棄八卦地趕緊上前去招呼。

我笑著轉身，打算繼續追蹤「告白」的新進度，但似乎毫無進展，牟毓鵬的沉默讓空氣變得尷尬，我看不下去，決定雞婆地上前插嘴：「我也覺得，妳還是不要把時間浪費在他身上了吧。」

女孩扭頭看我，面露疑惑。

「從大學到現在，這傢伙向來是萬花叢中過、片葉不沾身，更不曾明確地聽聞他喜歡過誰，所以，搞不好他是真的——『不可能』會喜歡妳。」雖然是故意話中有話，但我可沒說牟毓鵬是同志喔。

牟毓鵬聽出我話語間的暗諷，冷聲開口：「楊茗寶，妳不說話沒人當妳是啞巴。」

「本來就是嘛。」他緋聞女友都過世那麼久了，多年來他卻始終保持單身，若不是眼光太高，沒人能打動他的心，否則大概就是發現自己真正的性向，我這也只是合理懷疑。

「妳要知道，如果我身邊最常出現的異性就只有妳的話，那也是很難談戀愛的。」

牟毓鵬這是想告訴我他是喜歡女人的？但我怎麼有種被嫌棄的感覺？

「你什麼意思？」

「意思是，如果不考慮妳的話，我身邊就沒有其他選擇了。」

「什麼叫沒有其他選擇，你現在面前不就有一個嗎？」我指了指站在一旁的女孩。

「楊茗寶，妳當感情是在論斤兩賣嗎？」

我瞪著牟毓鵬，有些氣不過，大膽假設道：「所以，就算世界末日，你也不會考慮我嘍？」

「這要看情況。」

「什麼情況？」

「如果我們背負著人類存亡的問題，那我會考慮。」

「呵，還真是謝謝你喔！」我應該感到開心嗎？至少在某種特殊條件與情況之下，他還願意考慮我。

女孩原本明亮的雙眼逐漸黯淡下來，她出言打斷我們的一來一往：「好，我明白了。」

嗯？我疑惑地望向她。她明白了什麼？

女孩迎上我的目光，大方地開口：「你們感情真好。」

「誰？」我一頭霧水。她該不會是指我和牟毓鵬吧？

見我沒聽懂,女孩笑著搖了搖頭,分別看了我們一眼後,黯然落寞地離去。

捕捉到她走前,那瞬間的失望表情,我喃喃自語:「我們剛剛做了什麼嗎?」

牟毓鵬緩緩將咖啡豆倒入磨豆機裡,頭也不抬地道:「妳做了什麼,自己不清楚嗎?」

胖胖端著餐盤經過,好心地為我解惑:「米寶姐,妳和老大剛剛看起來,超像在打情罵俏啊!」

看來,他應該是從旁偷聽了不少,到底有沒有在認真工作?

「打情罵俏?」我愣了一會,錯愕地反駁:「哪裡像了?」

「明明不關妳的事,過來插什麼嘴?」牟毓鵬說。

「我只是……」早知如此,我沒事湊什麼熱鬧,在旁邊安靜當個吃瓜群眾就好。

牟毓鵬停下手邊的工作,一副耐心等著聽我解釋的模樣。

見我說不出個所以然,他嘴角一挑,似笑非笑地道:「不過,剛剛謝謝妳替我擺脫掉麻煩。」

我只覺得莫名其妙。難道這就是所謂的無心插柳柳成陰嗎?

阿號端了一塊蛋糕從廚房走出來,喜孜孜地放在我面前,「米寶妳快嚐嚐味道!」

我仔細地盯著盤中那塊方正的蛋糕體,表面撒上了一層厚厚的抹茶粉,頂端放著大小不一、顆粒狀的金箔巧克力球,以及少許利用食用色素製成的可食性裝飾。

阿號拿出手機鏡頭對準蛋糕,調整好角度拍了幾張照片,似乎很滿意這次的作品。

「這是即將要推出的新品嗎？」我湊近聞了聞，抹茶的味道十分香濃。

「對啊，它叫『茶森螢』。」

「好詩意的名字。」

阿號催促，「妳快吃吃看！」他遞來小叉子，眼中閃爍著興奮的光芒。

我切了一小塊送入口中，綿密且入口即化的抹茶香，立刻於唇齒尖蔓延開來，每一口都飽含濃郁的茶香味。從中間切開，裡頭藏著一塊半圓形，Q彈的抹茶凍，獨特的後味帶來清爽口感，不僅殘留著抹茶的香氣，更帶有茶葉的甘潤。

「你加了烏龍嗎？」我猜測道。

「妳吃出來了！」阿號十分滿意我的發現，點頭如搗蒜，「沒錯沒錯，我將烏龍茶葉磨成粉末，加入少許。」

「好好吃！」這款新品徹底收服了我這個抹茶控，「所以你們那天關在廚房裡，就是在討論這個嗎？」

「是啊，毓鵬說做完可以給妳試吃看看，他說妳一定會喜歡。」

我朝某人靠過去，故意問：「阿號說的是真的嗎？」

「什麼？」

牟毓鵬顯然很專心在煮他的咖啡，並未細聽我們的對話。

「就你跟阿號講的啊，說讓我試吃新口味的蛋糕，還說我一定會喜歡。」真意外他竟然會想到我,還知道我喜歡吃抹茶的甜點。

「我只說要讓妳嚐嚐味道,妳吃過那麼多抹茶甜品,總該有點用處。」

言下之意,就是拿我當白老鼠?

牟毓鵬的興趣果然是潑我冷水,我下次要是再這麼自討沒趣,就跟著他姓!

我鼓起雙頰瞪他,「你就這麼討厭我嗎?」

牟毓鵬驀地抬頭,深邃黑瞳不期然地撞入我眼底,霎時間,我竟然忘記自己正在生氣,望著他久久回不了神。

我有多久不曾仔細地看他的眼睛了,黑白分明的眼珠,宛如夜空中的星辰那般透澈,卻又彷彿隱藏著許多不為人知的祕密……

心跳頓時誠實地漏了一拍,我急忙撇開視線,擔心會被發現異樣。

原本不指望牟毓鵬會認真回答我,但就在我差點因為那雙專注的目光,而喘不過氣時,他開口了:「我沒有討厭妳。」

淺聲語調悄悄地滑進心窩,我低下頭,聆聽自己胸口撲通撲通,逐漸失序的節奏。

直到牟毓鵬從我面前走開,我才得以大喘一口氣,放鬆緊張的情緒。

剛剛被他那樣盯著看,臉頰都要燒起來了。

芋泥神出鬼沒地現身,突然拍了我一下,害我險些岔氣,「幹麼啦!嚇死我了。」

他的臉龐倏地朝我放大,距離近到都能看見我因為脫妝,而溜出來的兩片灰影了。

我撇頭低斥：「你、你靠這麼近做什麼？沒禮貌！」最近都在熬夜趕稿，我都睡不到四小時。

「我剛剛好像看到——」

無處安放的雙手捏住裙襬兩側，我心虛地迴避視線，「你看到什麼了？」

他是看到我的黑眼圈？還是捕捉到我剛才因為牟毓鵬而動心、害羞的神情？

芋泥笑聲很賊，「也沒什麼啦……」

正當我要鬆口氣時，他忽然又問：「米寶姐，妳單身多久了呀？」

「啊？」我愣怔，腦袋一時沒能跟上他聊天的節奏。

芋泥曖昧地眨了眨眼，提議道：「要不要考慮一下我們老大？」

我嗆到口水，「咳咳咳咳咳——你、你亂說什麼！」

「我覺得你們很登對啊。」

「我……他……」我朝牟毓鵬忙碌的身影快速瞄了一眼，慌張地拒絕，「我、我才不要咧！你沒看、看到他剛剛拒絕那個女生的樣子，多、多無情啊！」

芋泥先是「喔」了好長一聲，接著故意捉弄我道：「可是啊，米寶姐——」

我心驚膽跳地斜睨他，深怕他又語出驚人。

「妳結巴了耶！哈哈哈哈哈哈！」

說完，芋泥大笑著揚長而去，留下我像個傻瓜一樣，不知所措地呆在原地。

我拍了拍發熱的臉頰，恨不得學鴕鳥把頭埋進土裡。

我跟牟毓鵬？

這怎麼可能嘛！

送走店休前的最後一組客人，胖胖在門口掛上「休息中」的特製木牌。

我隨便找了一處空位落坐，意興闌珊地趴在桌上放空。不久便隔著玻璃窗，發現阿楠臉色極差、舉步蹣跚，遠遠朝店門口方向走來的身影。

我反射性地從座位上跳起來，衝進吧檯想找地方避難。

牟毓鵬彎身把我慌張弄亂的餐巾紙拾起，俐落地摺好，連同一些吧檯用具重新擺放整齊後，蹙眉看我，「楊茗寶，妳在做什麼？」

「等等她要是進來，就說我不在。」我胡亂指著門口，同時壓低身體，把自己藏進吧檯內牟毓鵬的腳邊。雖然我覺得他不會幫忙，反而比較有可能出賣我。

剛說完，阿楠似乎就進門了，「請問，楊茗寶呢？」

胖胖支吾其詞的聲音傳來：「呃……米寶姐她……」

果不其然，牟毓鵬二話不說地接話，直接出賣我，「在這裡。」食指指向低著頭，像做虧心事一樣蜷縮在他腳邊的我。

「……」內心一陣咒罵，我仰起臉，不爽地瞪他，真想狠狠踹他一腳。

完蛋了，我的稿還沒有寫完，阿楠直接殺過來找我，肯定是因為我都不接她電話，早知如此，我就——

「楊茗寶。」牟毓鵬望過來的眼神，像是盯著什麼犯人似的，害我莫名感到罪惡。「快出去。」

我噘嘴，心不甘情不願地起身，苦惱著該以什麼藉口向阿楠解釋，可惜那些爛理由連自己都說服不了，更何況是阿楠。

飛快地思考了幾秒，我決定開口求饒：「阿楠我真的不是故意的……」調頭望向她的那一刻，我愣住了，忽然明白為何牟毓鵬要直接把我叫出來。

阿楠哭得好傷心，她淚流滿面，彷彿要把長時間憋悶在心裡的委屈，一次全部宣洩出來。

她的妝都花了，要不是現在天還亮著，也還不到農曆七月的時候，否則以她一身素白連身裙、黑色長髮披散，眼下兩行黑淚，臉色又極度蒼白的模樣走在路上，絕對會嚇壞路人。

「……妳、妳怎麼了？」我被她狼狽的模樣給嚇到，一時半刻慌了。

胖胖偷塞了幾張面紙到我手裡，推推我的肩膀，催促道：「米寶姐，妳快去啦！」

我繞出吧檯，拿著面紙笨拙地替她拭淚，這是我頭一次看見獨立堅強的阿楠如此崩潰。

「妳還好嗎？」

旁人關心的詞句說得越多，聽者往往越傷心，阿楠瞬間嚎啕大哭。

「恆達,去做你的事。」牟毓鵬支開胖胖,跟著走進廚房,留給我們單獨說話的空間。

我拍撫阿楠的背,助她順了順哭到喘不過來的呼吸,耐心地等她慢慢平靜下來。

不知道又哭了多久,阿楠才稍微穩定情緒,鼻音濃重地說:「士凱又劈腿了。」

方士凱是阿楠從學生時期到進入社會,交往超過十年的男友。這是我第二次聽見他劈腿,卻是第一次見她哭得如此傷心。

還記得她初次向我提起男友劈腿時,說得雲淡風輕,像在談論一件無關緊要的事:「無所謂,男人嘛……為了工作難免的,反正他答應過我,等標案結束就會回到我身邊。」

她對方士凱劈腿的對象毫不在意,只因為方士凱說一切只是逢場作戲,是為了公司一筆大型標案。由於同行競爭激烈,唯有討好關鍵人物,公司才有機會拿到案子。

方士凱做事向來為達目的不擇手段,認為現今社會,光有能力和努力是不夠的,最重要的是靠人脈和關係才成得了大事。

雖然我對方士凱的理論持保留態度,但阿楠還是選擇相信,而他也確如所說,取得標案後不久,就跟劈腿對象一拍兩散,結束關係。

那這次,又是為了什麼?

我問:「對方是誰?」

「他公司的女同事。」

「然後呢?」

「那女的懷孕了。」

嗯……這種事在社群平台的爆料板上還滿常有的，我見怪不怪。

「那妳是怎麼想的？」

「沒有想法。」阿楠以指腹抹去眼淚，嘆道：「不過，那女人打電話給我，吵著要我和方士凱分手。」

「方士凱想跟妳分手嗎？」

「他說要我給他時間，他會處理。」

「他的處理方式，應該就是叫那女的把孩子拿掉對吧？」方士凱是一個沒有責任心的男人，我猜他的做法不過如此。

「或許吧……我也不知道。」

我沉吟半晌，「阿楠，這種男人妳還要嗎？」

「我不知道。」

「妳為什麼哭得這麼傷心？之前不是已經發生過一次了嗎？」雖然講這種話有些無情。

「就是覺得……這十年多的感情走到最後，既不值得，又很難堪。」阿楠露出一抹苦笑，「我怎麼會愛上這樣一個男人。究竟是歲月讓他變了，還是我花了近半輩子的時光，才終於看清他的本性。」

我低垂目光，默默無話。

感情的事情,值不值得只有當事人最清楚,從中獲得了什麼、失去了什麼,旁人似乎沒有置喙的權利,只是,不免為她感到心疼……

阿楠自嘲地道:「有時候我會恨自己,明明很清楚這個人不適合我,也知道他已經沒了真心,可是卻依然無法果斷地做出決定。」輕嘆口氣,她聲嗓乾啞,「大概是因為不甘心吧……不甘心為他付出了那麼多年的青春,也害怕重新出發,要是再遇上錯的人,會不會到了最後,依舊只剩下孤獨的自己。」

「我想,很多人都是一樣的。」

和一個人交往久了,就會忘記單身的日子該怎麼過,害怕獨自生活。

其實回頭想想,我們不是不敢走出一段已經搖搖欲墜的感情,而是不想遺忘,那個曾經為愛奮不顧身的自己。

「我好羨慕,有些人可以勇敢果斷地結束不適合的感情。」阿楠的臉上帶著澀然笑意。

「妳問過他嗎?你們之間,究竟還剩下什麼?」會這樣一再地背叛交往多年的女友,我想方士凱應該已經不愛了,否則豈會糟蹋阿楠的真心與付出。

「他說,我是一個適合結婚的對象。」

我揚起諷刺的笑,「誰說不是呢?」

阿楠當然是適合結婚的對象,她擁有好女人必備的條件,這麼多年來任勞任怨,只為了等方士凱一個承諾,但他卻利用她的好,恣意地揮霍她的愛情與青春。

「是方士凱配不上妳。」

「我很愚蠢對吧?」阿楠無聲喟嘆,「這段感情,早在方士凱第一次為取得標案而劈腿的時候就該結束了。這樣的男人,我也不可能嫁給他。」

「事不過三,相信我,妳已經算很聰明了。」有些人很傻,寧願委曲求全地三人行,也不願忍痛放棄一段錯誤的感情。「而且,現在還不遲,妳應該慶幸,他沒有耽誤妳另一個十年。」

阿楠再次淚光閃爍,但這回,她的神情不再徬徨,反而多了一抹決心。

牟毓鵬自廚房端出兩塊蛋糕,擱上吧檯,讀到我眼中的疑惑,簡短解釋道:「阿號招待的。」

我挑眉,「這麼好?」阿號怎麼會好端端地招待甜點?應該是他進去說了些什麼吧?

「妳也可以付錢。」他拿著叉子,逗我似地不肯輕易給我。

「你這個人真的很不討喜。」

「彼此彼此。」

我和牟毓鵬的拌嘴,頓時令氣氛緩和了不少。

阿楠擦乾眼淚,「米寶,謝謝妳,和妳聊完後,我好多了。」

「那就好。」我揚起一抹微笑,摁住她的手拍了拍,「放下吧,別再讓過去的回憶折磨自己。有些人的出現,或許只是為了陪伴我們經歷某些事情,讓我們更加成長;無論他們是否會離開,我們都必須繼續前進,過好自己的人生。」

愛情走的時候,我們勇敢面對。

就像如果時間能重來,我們一樣有勇氣,為愛再付出一次。

阿楠享用完招待的蛋糕後,點了幾杯咖啡外帶,說待會兒還有事就先離開了。

不曉得是不是錯覺,我總覺得牟毓鵬從剛剛開始,就好像忽然有什麼心事,變得更加沉默了。連我在整理空盤要讓胖胖收走時,不小心兩支叉子沒拿穩掉地上,他都沒反應,換作平時,一定會藉機罵我笨手笨腳的。

「那個,牟毓鵬,我想喝咖啡……」我藉口叫住他。

「妳要喝什麼?」

「熱、熱美式好了。」雖然我的直覺很少準過,但他好像真的哪裡怪怪的。趁他轉身煮咖啡之際,我忍不住又多嘴問了一句:「你怎麼了?心情不好嗎?」

牟毓鵬沒有回答我的問題,但拿起杯子的手頓了一下,儘管細微,仍然被我發現了。

該不會是我在開導阿楠時,不小心說錯了什麼吧?

其實就算他心情不好,也不關我的事,而且他若是不想講,我也不可能強迫他,但心裡就是莫名地在意……

直到將熱美式放置於桌前,牟毓鵬才淡淡地開口:「楊茗寶,妳從來沒有因為過去發生的任何事情,而裹足不前嗎?」

不愧是牟毓鵬，提出的問題如此直接，讓人有些難以招架。

我倒抽一口氣，反問：「那你呢？」

「如果我說有，妳相信嗎？」

「我信。」怕藏不住臉上的表情，匆匆與他對眼後，我垂首瞅向杯內正冒著輕煙、色澤深濃的咖啡。

至今，偶爾憶起過去的某些片段，我的胸口仍會隱隱作痛，難過地想逃避……

無聲喟嘆，我緩緩開口：「每個人或多或少都有吧，只是在身為旁觀者勸說的時候，都能表現得比較輕鬆罷了。」

牟毓鵬扶在桌緣的手，食指輕點幾下檯面，沉默半晌，他忽然笑了，「沒想到妳也有這一面。」

「什麼意思？」

「我一直以為，在妳的世界裡，是不會存在悲傷的。」留下充滿深意的一句話後，牟毓鵬就再度去忙了。

我的視線追隨著他的身影，心中緩緩升起一絲異樣感受……

那段困住牟毓鵬的過去，會是什麼呢？會和他的緋聞女友有關嗎？

有人說：「喜歡一個人，往往是從好奇開始的。」

然而，此時此刻的我卻還不知道——

其實,我和牟毓鵬,也是這樣開始的。

♡

三天後,阿楠傳LINE給我,前面幾則和往常一樣是催稿訊息,因為她知道我會「故意」漏接她電話,所以我選擇性忽略;而後接著的,則是她對長達十多年的感情做出的決定。

阿楠:「我跟方士凱分手了。」

基於關心,我幾乎是立刻回覆:「確定了?」

阿楠:「我就知道,只要不是催稿,妳都回得很快。」

我傳給她一張裝傻的貼圖。

阿楠:「對,我確定要跟他分手。」

後來阿楠嫌打字太慢,直接打電話給我。

她花了三天時間,就找到滿意的租賃套房、簽約搬家,結束這一段漫長的感情與近三年的同居生活。

搬家前一晚,方士凱因為她堅決分手心浮氣躁,不願見她在家打包行李,於是跟朋友們出去喝酒夜唱。這期間,懷著他孩子的女同事找上門無理取鬧,目的是要她將正牌女友的位置讓出來。

面對第三者理直氣壯的過分要求，阿楠那一刻忽然很想放聲大笑，但終究還是忍住了，只是心平氣和地向對方說：「方士凱正牌女友的位置讓給妳，祝妳幸福。」

我為她瀟灑的態度豎起大拇指，「給妳點讚。」

阿楠笑了笑，「我只是相信，沒有他，我會過得更好。」

「我覺得妳是一個很棒的女人。」我由衷地說。

「謝謝妳。不過，還是請妳要記得準時交稿。」

我傻笑幾聲，決定當作沒聽見她這句叮囑。

掛斷電話後，原本打算找本漫畫來看，結果心不在焉地摸了半天，最後仍是認命地坐回書桌前打稿。

念在阿楠剛失戀，又那麼勇敢的份上，我會盡力準時交稿的。

第四杯　五月十八號

有些事，只適合回憶；有些人，只能留在過去。

前幾天,芋泥特別貼心地提醒我別撲空,因為一年三百六十五天,就連逢年過節都會至少營業半天的「有間咖啡店」,只有五月十八號這天會公告店休。

雖然我很好奇原因,但連身為員工的芋泥和胖胖都不知道,以我和牟毓鵬的「交情」,要想問出點什麼就更不可能了。

我覺得阿號應該知情,不過一直苦無機會跟阿號好好聊聊,他多半時間都待在廚房研發甜品,偶爾出來透透氣和牟毓鵬出去吃飯,下班就趕回家陪老婆小孩了,根本找不到適當的時機。

結束和三五好友的晚餐聚會,返家途中,我一時興起地繞至咖啡店,沒想到店內亮著微弱的燈光,雖然未營業,但有人在裡面。

我隔著玻璃往內看,發現牟毓鵬站在吧檯處的身影,一如往常。

店門沒鎖,我逕自走了進去,聽見腳步聲的牟毓鵬驀地抬頭,他的臉上沒有驚訝,對於我的出現,似乎並不感到意外。

「楊茗寶，今天店休。」

我反身將門鎖輕輕扣上，朝他走近，「那你為什麼會在這裡？」

「我為什麼不能在自己的店裡？」牟毓鵬覺得我的問題十分可笑。

「都已經九點了，你在幹麼？」俯身倚近吧檯，我看見他正在沖泡咖啡，熟練地利用厚層濃郁的奶泡，雕刻出大象頭部的形狀，它有兩片立體的大耳朵跟長鼻子，可可粉做的眼睛，還有食用色素點出的兩顆圓圓腮紅。

我忍不住讚歎：「哇，好可愛喲！」

牟毓鵬神情半斂，不久，便將成品端上桌，「要喝咖啡嗎？」

「這是什麼？」

「榛果拿鐵。」

我輕蹙了下眉，有點猶豫，「你有另外加糖嗎？」

「沒有。」見我遲疑，他補充道：「妳會喜歡的。」

我捧起咖啡杯，仔細瞧了瞧奶泡雕成的大象，越看越喜歡，索性拿起手機拍了幾張照，捨不得喝。

「這麼晚喝咖啡不會睡不著嗎？」牟毓鵬問。

「不會，不管是喝茶、喝咖啡還是喝提神飲料，我通通都能照睡，區區一杯榛果拿鐵，怎麼可能影響我。」

聞言,牟毓鵬似乎陷入某種情緒之中,低喃:「那妳跟她還真不一樣……」

「你在說誰?」

長睫半掩住目色,他沒有回答。

我品嘗了一小口咖啡,意外地受到榛果獨特的香氣所吸引,牟毓鵬沒有額外加榛果或是香草糖漿,如果我沒猜錯,他應該是直接以榛果咖啡豆研磨的咖啡粉沖煮,再依照一般人喜愛的口感去調整烘焙的深度,最後加上新鮮牛奶製成的奶泡,濃郁的奶香與咖啡完美融合,好喝得讓人想一再品嘗。

牟毓鵬邊沖洗濾網,邊問:「好喝嗎?」

我大聲地給予肯定,「好喝!」

他抬頭看了我一眼,神情不同於以往地柔和。

放下手中的杯子,我壓抑不住內心的好奇,衝動地開口:「欸,牟毓鵬,為什麼咖啡店每年的五月十八號都要店休啊?」

「我難道不能休息?」

「哪天休息都可以啊,但為什麼偏偏是五月十八號?」

想當然,牟毓鵬不會正面答覆我,「那妳為什麼要常來這裡?」

「因為在你店裡,我會比較有寫作靈感啊。」還有咖啡好喝,我已經喝習慣他煮的。「這問題你之前不是問過了?」

牟毓鵬盤起雙手，難得有閒情逸致和我聊天，「那如果哪天我的店倒了，妳不就靈感枯竭了？」

「如果真有那麼一天，請你告訴我，我看是否能把這間店頂下。」

他挑起一道眉，表情像是在思考著我話裡的真實性。

「幹麼這樣看我？」我挺起胸膛，「我可是很認真的。」

「不會有那麼一天的。」他收回視線，繞過吧檯，拿起斜靠在牆角，被牛皮紙妥善包裹的畫作細心拆封，就連不要的包裝紙，都堅持要把它摺得方方正正的，才扔進垃圾桶裡。

那是一幅油畫，畫家細膩的筆鋒與獨特的顏料配色，再度將這幅舉世聞名的〈拾穗者〉描繪得栩栩如生，別有意境。

但我不曉得牟毓鵬為什麼要掛這幅畫，與店內的風格十分不搭。

「你確定？」我看他搬來一張椅子，拿起畫在牆上比了比後，踩上椅面，拉緊掛繩，勾住早已釘好的掛勾，好意提醒，「我覺得……這幅畫不太適合店裡的風格。」

牟毓鵬對我的話充耳不聞，繼續仔細地比對角度，確認左右兩旁留白的空間是否等寬，上下比例是否合宜，與其他掛框的高度是否一致……

就知道他不會採納我的意見。

我嘆口氣，默默地喝著咖啡，待在一旁等著看，依照他的龜毛性子，什麼時候才能把畫掛好。

折騰了一會,牟毓鵬終於滿意了,踏下椅子,進廁所擰出一塊溼布,將座椅表面擦拭乾淨,再把它擺回原處。然後,前言不搭後語道:「我記得她喜歡。」

「誰?」牟毓鵬今晚一直提到的「她」究竟是誰?

但他彷彿陷在自己的思緒裡,沒聽見我的疑問,呢喃低語:「都已經過這麼多年了……」

我想,或許牟毓鵬口中的「她」,是指那位過世多年的緋聞女友。而我心中的猜測,竟在不知不覺間說溜了嘴——

等回過神來,發現牟毓鵬望著我,眼中正帶著未知的情緒,平靜的面色閃過一抹遲疑,感覺他想說些什麼,後來卻只是問:「妳知道她?」

「我聽說的……」

「是嗎?」牟毓鵬的視線依舊沒離開我身上,但不小心顯露的情緒,此刻倒是收得更乾淨了。

他可以別一直這樣盯著我看嗎?我覺得像做了什麼虧心事一樣,莫名地緊張……

明明對牟毓鵬的事好奇得不得了,卻又怕過問會把氣氛弄僵,思來想去後,我只能低頭逃避他的目光。

一會,牟毓鵬淺聲開口:「楊茗寶,妳覺得愛一個人是怎麼樣的?」

我聞聲抬頭,這才發現牟毓鵬靠得好近,近到我能夠聞到他身上散發出的淡淡咖啡香氣，和洗衣精曬過太陽後乾淨舒爽的味道，我胸口一陣怦然心跳。

陌生的感覺來得太快，我一時招架不住，只能下意識地往後躲，卻險些被自己紊亂的腳步給絆倒。牟毓鵬見狀，一把拉住了我，而我在差點撞進他懷裡之際，即時伸手抵住他的胸膛。

「站穩了嗎？」牟毓鵬溫潤低沉的嗓音自頭頂傳來。

我忽地耳根一熱，結巴道：「站、站穩了。」待他鬆手，立刻拉開距離，以策安全。

見我神色慌亂，牟毓鵬目光含笑，淡淡地挑眉。

我偷偷用力地掐了大腿一把，讓自己冷靜下來，勻順呼吸後，重回剛才的話題，「嗯……如果我說，我也不知道呢？」

「所以，妳不曾愛過任何一任男友嗎？」

他的問題還真是一針見血。我蹙眉，「每個人愛的方式，以及愛的深淺都不同啊，這沒有標準答案吧。」

不過，從前經歷過的幾段感情之中，能真正被我稱得上「愛過」的前任，確實是寥寥無幾。

「那妳呢？」

我輕靠桌沿，單手托腮，思忖片刻後，苦笑著說：「我覺得愛一個人，會伴隨著無法預期的傷痛。」

聞言，牟毓鵬表情微凝、沉默不語，可能是怕繼續問下去，會勾起我的傷心往事。

但我沒那麼脆弱，沉澱過思緒，我避重就輕地開口：「我和前任交往快兩年，最後鬧得不歡而散。在那些事情發生以前，我從未想過他會帶給我這麼沉重的打擊，令我近乎歇斯底里，直至現在，仍會排斥再回憶起和他的那段往事。」

「是因為愛得深，所以害怕再想起來嗎？」

「有時候，一段感情結束所帶來的傷痕，不一定只是因為愛情……」我語帶保留。

「那妳後悔嗎？」

他終於知道要問得婉轉一點了。

我搖頭，「後悔是沒有意義的。」現在的我，就連當初愛過那個人什麼都不記得了。

感覺氛圍變得有些沉重，牟毓鵬未再多言，著手整理起吧檯的內部環境。

我將喝完的咖啡杯還給他，刻意揚起輕鬆的語調問：「欸，牟毓鵬，你為什麼認為，我的世界裡不會存在悲傷？」

牟毓鵬停下動作抬頭，不假思索地說：「因為妳比較適合陽光。」

「是因為我的穿著打扮，總是五顏六色的嗎？」

「有可能。」他模樣認真地點了一下頭。

我在他面前轉了一圈，自信地說：「但你不覺得，我很能駕馭這樣的穿著打扮嗎？」

「妳這一身非主流的風格，我實在欣賞不來。」他不改以往地吐槽。

我緩緩抬眼，不經意地對上那雙輕淺的目光。習慣牟毓鵬對我說話的方式，不再動不動就被氣得炸毛後，我有更多時間可以觀察他臉上的細微表情，只覺得那眉眼中隱約的笑意迷人。

「都只顧著說我的事，那你呢？」我反問。

「我怎麼？」

「你應該也愛過誰吧？」比如那個緋聞女友。

我雖未挑明著問，偏偏我們之間，就是多了這點不該有的默契。

牟毓鵬勾起一抹苦澀的笑，淡淡的目光，像是穿過我般落在了遠處，久久無話。

看他這樣，我自責一時的嘴快，「你當我沒問好了……」

「如果我說，那從來就不是愛，妳相信嗎？」

我困惑卻不敢再多問，笑著想轉移話題，卻不曉得那才是個更大的坑——

「欸，你還沒回答我。」

「什麼？」

「為什麼每年的五月十八都要店休？」

牟毓鵬洗起杯盤，顯然不想回答。

「欸！牟毓鵬！」別想敷衍我，「身為忠實顧客，我應該有權利知道吧？」每次我都有乖乖點餐，而且他還沒給我打折！

他將乾淨的餐具晾上架,二話不說便朝我伸手,「一百七。」

「什麼?」

「咖啡的錢。」

「你問我喝不喝的時候又沒說要收費!你這樣是詐欺的行為!」

「我也沒說不用錢。」

這個狡猾的男人,一句話堵得我啞口無言。

「牟毓鵬,你根本是故意欺負我!」

「不然妳以為我的店是怎麼開的?」

可惡!每次都講不贏他。

一陣乾瞪眼後,我鼻孔噴氣,「付就付!」很乾脆地從皮包掏錢。

正當我要把錢塞進牟毓鵬攤開的掌心時,他驀地開口——

「五月十八,是她的忌日。」語調雲淡風輕。

我倒抽一口氣,望進那雙深沉的黑色瞳仁,胸口微微縮緊。

所以,他選擇每年的這天店休,是為了要去探望她嗎?

都已經過這麼多年了,難道牟毓鵬真的是因為仍無法忘懷,才一直單身的嗎……

我眨了眨眼,錯愕地道:「對、對不起!」

他今天一定很難受,我卻因為自私的好奇心,不顧後果地提問,完全沒考慮過他的心情。雖然在得知答案以前，我根本不曉得五月十八號會是這樣的日子。

牟毓鵬緩緩勾脣，「妳是該對不起。」他曲指敲了一下我的額頭，「好奇心會殺死貓。」

我撫額，深受他臉上難得一見的溫柔淺笑吸引，愣愣地開口：「我知道你不會傷害我……」

嘴角的弧度凝滯，他瞅了我一眼，目光短暫停留又迅速地撇開，「時候不早了，該走了。」

我有點捨不得，畢竟能和牟毓鵬相處談天的機會可遇不可求，鮮少有人能觸及他的內心，然而一旦揭開，會讓人心疼地想陪伴在他身邊。

「牟毓鵬，你聽過這麼一句話嗎？」

「嗯？」

「有些事，只適合回憶；有的人，只能留在過去。」

牟毓鵬斂去目光，於店門口分別前，他說：「若真能如此，那就好了。」

♡

我就說，那幅〈拾穗者〉和店裡風格不搭了吧？

胖胖跟芋泥站在畫前盯了許久，再看看左右兩幅以愛琴海為背景的畫作，皆露出困惑的神情。

他們似乎有問題想問,卻又不知如何啟齒。

牟毓鵬正忙著盤點早上剛到貨的咖啡庫存,他用剪刀拆開其中一包,將豆子倒出來,仔細地一粒粒揀選,檢查品質,邊開口:「恆達,廁所地板有一攤水漬,你去看一下是不是水管漏水了,順便把地板擦乾。」

胖胖領命地前往洗手間,芋泥則是負責外場的整潔、準備開店,剩下我獨自站在畫前,沒發覺阿號是何時出現在身邊的。

「很不搭吧?」他突然出聲。

「嗯?」我嚇了一跳。

阿號接著道:「這幅〈拾穗者〉可是毓鵬花了不少時間才找到的。」

「什麼意思?」我不解,「他為什麼要花時間,找一幅與店內風格不搭的畫?」

阿號雙手插進口袋,視線朝我移了幾度,「妳想知道他為何放這幅畫嗎?」

「你知道?」

他靜默了一陣,才斟酌地說:「因為〈拾穗者〉——是袁麗容的最愛。」

我挑眉,「袁麗容?」

阿號意味深長地往牟毓鵬的方向投去一眼,「……那個牟毓鵬心裡的人。」

我垂下眼簾,不懂自己的心思為何變得如此複雜?明明想知道更多,卻又感到有些退縮。

阿號輕嘆，「開咖啡店是麗容的夢想，在店裡放一幅〈拾穗者〉也是她曾經向毓鵬提過的，直到現在毓鵬都沒有忘記，一一替她實現了。」

我從未想過，當年牟毓鵬之所以毅然放棄律師資格，放棄進入知名國際律師事務所的機會，竟然是為了完成一個女人的夢想。

想必，他一定很愛她吧……

我輕咬下脣，遲疑地問：「牟毓鵬是不是到現在仍然忘不了她？」

阿號收起目光，想了想，感慨道：「可能一輩子都忘不了吧。」

我的胸口莫名有些悵然若失，「所以，牟毓鵬是因為袁麗容才一直單身的嗎？」

阿號蹙了下眉，正要開口說些什麼，卻被我擱在吧檯上，忽然奪命連環響的手機鈴聲打斷。牟毓鵬以指節敲了敲桌面，揚聲催促：「楊茗寶，妳的手機響了，快接，很吵。」

我看了眼阿號，他似乎也不急著再說下去，「妳快去接吧。」話落，便轉身回廚房。

我上前拿起手機確認，螢幕顯示一通未接來電，過沒多久，又再度打來，楊茗萱電話打得如此著急，是發生了什麼事情嗎？

我按下通話鍵，「怎麼了？」

「茗寶……」楊茗萱顫抖的嗓音傳來。

「妳怎麼了？」

她壓低音量，含糊不清地說：「我……妳姊夫……妳姊夫他……」

「姊夫怎麼了?」情緒瞬間隨著她的異樣被勾起,害我一顆心吊著,連呼吸都快要不順了。

楊茗萱先是一連做了幾次深呼吸,才緩聲開口:「妳姊夫知道了……」

我的腦袋約莫空了三秒,回過神後問:「妳現在人在哪裡?」

「家裡。」

「姊夫呢?」

「也在家。」

「小孩呢?」

「宇哲在我公婆那裡,晴晴在客廳跟妳姊夫玩……」

等等,讓我想想——

所以,姊夫已經知道我姊外遇的事情了。

那照理來講,他應該會很激動,感到憤怒,這才是男人知道被戴綠帽該有的正常反應吧?

但乍聽楊茗萱的描述,姊夫似乎沒有大發雷霆,反倒平靜地在跟小孩玩?

「姊夫沒有生氣嗎?」這不太合理吧。

「我不知道……我真的不知道……」電話那頭,楊茗萱的聲音慌亂得像是快哭出來,我猜,她的確不清楚現在的狀況,再者姊夫異常的冷靜,也可能令她內心產生極大的不安。

「姊夫是怎麼知道的？」

「因為LINE的訊息。」她嗓音哽咽，「我本來在用手機，但晴晴突然說她最喜歡的兔娃娃不見了，我沒想太多，隨手放下手機去幫她找，然後妳姊夫說他手機怪怪的，電話好像撥不出去，就拿了我的……」

「妳手機沒有關螢幕？」

「有，我有關，但他知道我的密碼……我沒有跳出對話視窗……他一解鎖就看到了……」

敢偷吃就應該要有本事把事情隱瞞好或處理好，連這點基本的都做不到，憑什麼紅杏出牆還不想離婚？

我沉默半晌，調整呼吸，忍住想罵人的衝動，當務之急，是趕快處理現階段的問題。

「妳希望我怎麼幫妳？」

「我想，我需要跟妳姊夫單獨談談，妳可以幫我帶晴晴出去嗎？」

想起晴晴那張可愛的小臉及天真無邪的笑容，我無奈地輕嘆，「好，我現在過去。」

小孩子是無辜的，為什麼要因為大人犯的錯而受傷……

第五杯　我可以當你的新娘嗎?

他在我心裡埋下了一顆名為愛情的種子，等待未來的某天，悄悄開出一朵屬於我們的花。

站在楊茗萱家門口,我做了好幾遍深呼吸,最後咬牙、眼睛一閉,一鼓作氣地按下門鈴。

剛才,大樓管理員看見我經過接待大廳時,熱心地揮手跟我打招呼,「哈囉!楊小姐!又來找A棟五號三樓的姊姊啊!」

「是啊。」我尷尬地笑了笑。

「妳姊姊跟姊夫的感情真的很好耶!幸福美滿的模範家庭。兩個小孩也都好可愛,懂事又聽話,嘴巴還很甜……」

我實在沒心情和他閒聊,因為他口中「幸福美滿的模範家庭」,很可能再過不久,就要支離破碎了。

管理員後來又健談地講了些什麼,我沒仔細聽,敷衍地點頭微笑後,迅速閃進電梯。

姊夫很快來應門,見到我時,眼中掠過一抹驚訝,「茗寶?」

我不自然地勾了勾嘴角,佯裝鎮定地打招呼,「嗨……姊夫。」

「妳怎麼來了?」

「我想帶晴晴出去玩。」

我突然出現,想必姊夫心裡應該馬上就有底了。他垂下眼簾,頓了一下才說:「好,先進來吧。」

他領我至客廳,晴晴正趴在地上畫畫,一張紙遍布全然不協調的配色和長相特別的——人?還是動物?

「晴晴,妳看誰來了?」

晴晴抬起頭,一雙圓滾滾的大眼頓時一亮,驚喜地立刻撲了過來,「哇,是小阿姨!」她抱住我的雙腳,令我寸步難行,還差點站不穩。

姊夫蹲下身,愛憐地摸摸她的頭,「晴晴,小阿姨說想帶妳出去玩。」

「真的嗎?」她喜出望外地仰頭看我,單純稚嫩的小臉,露出十分期待的燦爛笑顏。

晴晴長得討喜可愛,全家人從小就把她捧在手掌心,像個小公主。她嘴甜親人、乖巧聽話的性格,確實也值得大家寵愛。

「對啊,可以嗎?」我低頭笑望,內心卻隱隱發酸。

楊茗萱從房間裡出來,「妳來了。」她的面容憔悴,對上我的目光時,眼眶瞬間就紅了。

「姊,妳要幫晴晴換衣服嗎?我要帶她出去。」

「好。」她點點頭,朝晴晴伸手,「寶貝來,媽媽幫妳換衣服。」

晴晴興高采烈、蹦蹦跳跳地奔向楊茗萱,乖乖跟著進房。

姊夫看向我,溫柔地問:「坐著等一下吧。要喝點什麼嗎?」

姊夫反常的態度讓我感到不知所措,都這種時候了,為何他還能表現得平心靜氣?

好想問他到底是怎麼想的,但這又不是我能插手的事,更不可能劈頭第一句話就叫他原諒我姊。

我沒有坐下,站在電視機旁倚著牆面。

姊夫似乎明白了些什麼,逕自坐進沙發,「妳都知道了,對吧?」

我以為他會迴避這個話題,想不到他竟如此地開門見山。

我點頭承認,「……對。」

他輕揚唇角,挑起諷刺苦笑,「什麼時候知道的?」

「不、不久前……」

空氣中瀰漫著一股詭譎的氛圍,我大氣不敢喘一聲,忽然有點不爽,做錯事的人又不是我,為什麼要受這種罪。

半晌,姊夫哼笑出聲,讓我寒毛直豎,「姊夫,我姊她——」

他打斷我,幽幽地開口:「我沒想過,她會做出這樣的事情。」

「我……」姊夫是個好男人,不該被如此對待。但我身為楊茗萱的妹妹,立場為難,感覺說什麼都錯。

一陣靜默後，我淺聲道：「姊夫，對不起，我真的不知道該說什麼才好。」

「妳不用道歉，也什麼都不必說。」

我頭壓得很低，不敢看他，更不敢多問，即便我很想知道，他會原諒楊茗萱嗎？

換好衣服的晴晴朝我跑來，直接牽住我的手，一臉迫不及待，「姨姨，我們走吧！」

我望著她開心的神情，鼻頭一酸。

如果她知道，爸爸媽媽可能不會在一起了，會不會就不再這麼笑了？

我輕咬下唇，逼自己鬆開眉頭，露出微笑，「好，我們走吧！」

我牽著晴晴才往門口走沒幾步，她突然鬆開我的手，跑回楊茗萱身邊，給了她一個大大的擁抱，「媽咪，我愛妳！」接著，又衝進姊夫懷裡，撒嬌地說：「爸比，我也愛你，要想我喲！」

我瞥了楊茗萱一眼，見她眼角泛淚，別過去的臉上難掩對晴晴的歉疚。

姊夫在晴晴兩頰各落下一吻後，帶她過來牽住我的手，「妳們好好去玩。」

「嗯。」我點頭，蹲下身協助晴晴穿好鞋子，便帶她離開。

晴晴踩著細碎的步伐跟在我身旁，我刻意為她放慢了腳步。

她搖了搖牽著的手，問：「姨姨，我們要去哪裡？」

這真是一個好問題。

坐上計程車，司機問我到哪兒時，我想都沒想，下意識地報出了一個熟悉的地址……

當我牽著晴晴走進「有間咖啡店」,牟毓鵬的目光迅速掃了過來,臉上的表情像是在問:妳怎麼又回來了?

店內雖然依舊滿席,卻十分安靜,大部分客人都攜帶筆電或書,專注地做著自己的事,偶爾才會有幾句低聲交談。清靜的氛圍,搭配店內撥放的古典音樂,感覺格外放鬆。

我一顆心七上八下,怯怯地覷著牟毓鵬,無法自那副淡然的神色中,猜測出他此刻的心情,但我想應該不會太好,平常他看到我已經嫌煩了,更何況現在還帶著一個小女孩。

芋泥跟胖胖各自在崗位上忙碌著,一個在清理裝飾灰塵,一個在幫客人收拾空盤,但不難發現他們頻頻朝我偷瞄的視線。

牟毓鵬向我走近,「楊茗寶,妳——」

不等他說完,我先發制人地介紹:「牟毓鵬,她叫晴晴,今年五歲,是我的外甥女。」

牟毓鵬垂下目光,看了看我身邊的小不點,而晴晴也正睜著小鹿般的大眼睛觀察著他。

我繼續說:「晴晴,這是姨姨的朋友,牛牛叔叔。」

「為什麼是牛?」牟毓鵬問。

「因為你姓『哞』啊!不然咧?」我理所當然地回答,「這樣對小孩而言比較親切嘛!」

胖胖聽到我這樣稱呼牟毓鵬,不小心噗哧一聲笑了出來,立刻被瞪。

晴晴好奇地眨眼,目不轉睛地盯著牟毓鵬,小小的腦袋瓜裡不知道在想些什麼。

我把她推向前，教育道：「晴晴，要叫人喔！這樣才有禮貌。」

牟毓鵬臉色微變，彷彿晴晴要是真的敢叫他牛牛叔叔，絕對二話不說直接把我們倆給趕出去。

就在我猶豫要不要糾正晴晴，讓她改口的時候，她綻出一朵無敵可愛的笑靨，放開緊牽我的手，不怕生地靠近牟毓鵬，小手倏地握住他的左手無名指和小指。

「牛牛王子，你長得好美麗！」

顯然牟毓鵬優秀的外貌，已經在短短幾分鐘之內，成功擄獲了晴晴的芳心。

牟毓鵬頓時不知道該高興還是生氣，露出一抹哭笑不得的神情，這是我初次看見他這副好氣又好笑，拿小孩子沒轍的模樣。

難道說，小孩是牟毓鵬的罩門？

沒等我們反應過來，小公主繼續自顧自地說：「牛牛王子也要帶晴晴出去玩嗎？」

牟毓鵬瞪了我一眼，這才壓低音量問：「妳為什麼帶一個小孩來店裡？」

「我不知道要帶去哪裡。」我兩手一攤，十分無奈。

晴晴拉住我的衣角，撒嬌地向我確認：「姨姨，牛牛王子也會跟我們一起去嗎？」

去哪裡我都還沒有想好呢！再說了，以牟毓鵬的個性，他怎麼可能跟我們一起出去？

「有那麼多地方可以去，妳卻偏偏——」

我回嘴：「那你說說看啊！」

「逛百貨公司、玩具店、遊樂園……」

稚嫩的聲音插話進來，直接定案：「晴晴想去遊樂園！」

「遊樂園？我嗎？」我指指自己的鼻子瞪眼，「我自己帶她去嗎？」

「不然呢？」

有人開口要求：「晴晴想要牛牛王子一起去。」

我的小公主啊，以這位叔叔的個性，絕對不可能跟我們一起去，尤其現在還是咖啡店的營業時間。

牟毓鵬不斷使眼色，要我自己想辦法收拾殘局，我乾笑兩聲拉過晴晴，好聲好氣地哄道：「叔叔不能一起去，叔叔要工作。」

「可是我想要牛牛王子一起去！」她很堅持，掙脫我的手，跑過去牢牢地牽住牟毓鵬。

我的臉上三條線，不懂晴晴為何突然耍任性，以前不是都很聽話的嗎？

「妳不可以這樣，叔叔要工作，不能跟我們一起去。」我再次說道。

晴晴扁嘴，看起來可憐兮兮，一副快哭出來的樣子，但她知道跟我耍賴沒用，鬼靈精怪地念頭一轉，改去向牟毓鵬撒嬌。

「牛牛王子跟晴晴還有姨姨一起去嘛，好不好？」她眨著水汪汪的大眼睛，用稚嫩的童音軟綿綿地哀求，「拜託、拜託——」

小小年紀就會使美人計，以後長大肯定是名紅顏禍水，然而，牟毓鵬幾乎快棄械投降的模樣，才真正令我嘖嘖稱奇。

牟毓鵬十分為難，讓在一旁看好戲的我感到有些心虛，只好蹲下，扳過晴晴的雙肩，稍微板起臉色，「晴晴，不可以無理取鬧。」

晴晴情緒說來就來，淚水瞬間在她眼眶裡打轉。她努努小鼻子，滿腹委屈地點頭，「好嘛……」話雖如此，卻淚眼汪汪地瞅著牟毓鵬。

自古英雄難過美人關，唯女子與小人難養也，面對我這個沒用的「女子」，和晴晴那個彷彿戲精出生的「小人」，牟毓鵬的原則，簡直兵敗如山倒。

他嘆氣地鬆口：「我跟妳們去。」

哇，沒想到他也有這一天！之前那些向他告白的女人，各個也都是淚眼婆娑，怎麼就沒見他心軟過？

「你要跟我們去？那你的店怎麼辦？」

「我可以請阿號幫忙，說到煮咖啡，他的手藝可不比我差。」

「天要下紅雨了。」我揶揄。

牟毓鵬竟然會為了一個小女孩破例，我興味盎然地瞅著他那被我抓到把柄的表情。

大概是因為我表現得太過欠揍，牟毓鵬忍不住出聲警告：「楊茗寶，妳給我差不多一點。」

「我怎麼了？」我裝傻。

牟毓鵬分別向阿號、芋泥和胖胖交代了幾句店內的事務後,刻意忽略我,直接走向晴晴。只見小公主相當興奮,蹦蹦跳跳地拉著他的大掌往店外走,連我這個小阿姨也不要了。

被無視的我很不是滋味地走在他們身後,卻又有點想笑,他們宛如一對父女,畫面看起來異常和諧。我加快腳步至他們身旁,「晴晴,叔叔是王子,那姨姨是什麼?」

「姨姨當然是公主!」甜死人不償命的小嘴很會說話,讓人想不寵她都難。

真是不枉費我每次出國,都會買很多禮物回來送她。我心情大好地捏捏晴晴的小臉。

但有人見不得我太得意,譏笑地補充:「是蠢公主。」

「牟毓鵬,你說什麼!」

他氣定神閒,「妳聽到我說什麼了。」

「我哪裡蠢了!」我不服氣地鼓頰。

他沉吟,「嗯……大概就跟那個,莫名其妙吃了陌生老奶奶給的毒蘋果,而被毒死的白雪公主一樣吧。」

我有點不爽,結果晴晴不但沒幫我說話,還跟著附和,「姨姨是白雪公主,那我要當小美人魚公主。」

「妳是啊,小美人魚公主。」牟毓鵬完全配合。

晴晴聽了開心得不得了,「牛牛王子,我們現在要去遊樂園了嗎?」

牟毓鵬點點頭,揚起嘴角,「是啊。」

我有沒有看錯？剛剛出現在他臉上的笑容也太溫柔了吧……為什麼差這麼多！不公平！

牟毓鵬雖然平時也會對我笑，但多半都帶著諷刺或嘲笑的意味。

我們下了手扶梯，站在捷運月台，強風開始吹送，隧道深處亮起微弱的車頭燈光，列車即將進站的警示聲響起，牟毓鵬將晴晴拉至黃線後，並對我說：「我們要搭這一線。」

「你知道怎麼去兒童樂園嗎？」我投去一眼，「你可不要指望我喲，我是個路痴！」

「我知道。」他看著我，眼神中全然不抱有任何期待。

搭上捷運，我們將唯一的座位讓給晴晴，一左一右站在她面前，牟毓鵬有一句沒一句地和晴晴聊天，天真的童言童語逐漸令他卸下心房，這還是我第一次見他如此溫柔放鬆。

週末的兒童樂園，布滿了擁擠的人潮，閘門入口處，只需要感應悠遊卡即可入園，裡面每項遊樂設施都有不同的乘坐價格，分開收費，一張卡玩到底，若本身就具有悠遊卡功能的信用卡，還會自動儲值，更是方便。

第一項遊樂設施，晴晴選擇旋轉木馬。我看著排了好幾圈的冗長隊伍，頭都暈了。

一旁架著一支立牌，上面寫著：平均等候時間為五十分鐘。

五十分鐘！

這大概是尖峰時段，園內每項遊樂設施平均的排隊時間吧……那每坐一個不就要花上一小時？

我偷偷翻了個白眼。

牟毓鵬倒是沒抱怨,默默帶著晴晴走到尾端排隊,我跟隨在後,發自內心地稱讚:「你以後一定會是個好爸爸。」前提是必須要先有老婆。

牟毓鵬望過來,似乎心情還不錯,「看妳的樣子,以後一定不是個好媽媽。」但對我說話依舊不客氣。

怎麼?我臉上有寫著我不想排隊陪孩子坐旋轉木馬嗎?我有看起來不耐煩嗎?

我皺了下鼻子,正想反駁,卻被晴晴插嘴道:「牛牛王子等等會跟我們一起坐嗎?」

被點名的牟毓鵬,笑答:「叔叔不坐,晴晴跟姨姨坐就好。」

我暗自揚起嘴角,聽見牟毓鵬口中說出「姨姨」兩個字時,感覺特別暖心,可愛死了!

晴晴失望地垂下雙肩,「蛤……為什麼?」

牟毓鵬耐著性子解釋:「因為我要幫妳們拍照呀!晴晴不想拍照嗎?」

我不以為然,認為這應該只是他不想搭乘的藉口。

但小公主聽完,點頭如搗蒜,興奮地應聲:「好,要拍照!要拍照!」

他笑瞇眼,揉揉晴晴的頭髮。

看著這樣的畫面,我的心彷彿要融化了,忍不住問:「你是不是很喜歡小孩子?」

牟毓鵬的目光仍然停留在晴晴身上,「是。」

「真意外。」

「有什麼好意外的？」

我感嘆，「如果你對我，能有對小孩一半的耐心就好了。」

「妳怎麼知道我對妳沒耐心？」

「你有嗎？」我乾笑兩聲，「感覺不出來。」

「那下次別去我店裡了。」

「意思是，我去你的咖啡店裡光顧，對你而言，就是種忍耐嗎？」

牟毓鵬笑而不語。

而我可能是被虐習慣了，居然連他這副機車的笑容，都覺得很好看。

牟毓鵬細心地將晴晴護在身前，避免周圍來往的人群不小心推撞到她。

我見他照顧小孩似乎挺熟練的，不禁喃喃問道：「你該不會是有幫人帶小孩的經驗吧？」說完，連自己都覺得好笑，「但怎麼可能嘛，像你這麼怕麻煩的人……」

「妳到底想說什麼？」牟毓鵬蹙眉。

「還是你以前有帶過弟弟或妹妹？」我想了想，又覺得不對，「我記得，以前聽同學們八卦你的事情，沒聽說過你有兄弟姊妹啊。」

牟毓鵬的目光驀地一沉，我對他難得明顯的情緒波動感到困惑，「我說錯了什麼嗎？」

「我有妹妹。」他忽然回答。但當我感到驚訝地想繼續問下去，他卻轉移了話題：「妳姊姊跟姊夫還好嗎？」

我一頭霧水,「你怎麼突然關心起這件事了?」

「妳突然把晴晴帶來店裡,應該是發生什麼事了吧?」他合理地推論。

一想到楊茗萱和姊夫的事情,我好不容易舒緩的心情,又再度變得沉重了。

我低聲開口:「我姊夫知道了。」

牟毓鵬擰眉,看向晴晴,沉默了一會,「他們打算怎麼辦?」

「我也不知道。」我搖頭,「我只希望我姊犯的錯,不會奪走兩個孩子快樂的笑容。」

「嗯。」牟毓鵬輕聲回應。然而抿直的唇、緊繃的顎線,卻能令人感覺得出,他此刻似乎正隱忍著某種情緒。

這讓我想起,那晚我問他對楊茗萱外遇的看法時,他臉上稍縱即逝的微妙表情,但我不敢冒然地問。

時間過得比我想像中還要快,我和牟毓鵬聊著聊著,下一組就輪到我們了。管制搭乘人數的工作人員見晴晴可愛,開口稱讚:「妹妹好可愛喲!」她彎身問,「妹妹,妳幾歲啊?」

晴晴落落大方,以甜甜的嗓音回答:「我今年五歲!」

「五歲了啊!真棒!」工作人員含笑的目光對上我,「小孩真可愛。」

我禮貌性地微笑點頭,「謝謝。」

收到同事打的暗號,她指了指一旁的感應器,「爸爸媽媽都要搭乘的話,請在這邊嗶三次卡喲。」

爸爸媽媽？

我疑惑地瞥向牟毓鵬，見他沒有否認，逕自拿出皮夾碰了感應器兩次，「她們兩個坐而已。」

我瞠目結舌，雖然搞不懂他在想些什麼，但內心竄起的異樣感受，令我臉頰微微發熱，只能傻愣愣地被晴晴推著走。

「姨姨，抱！」旋轉木馬太高了，她無法自己坐上去。

我將晴晴抱起，登上較高的旋轉木馬，確認她坐穩後，才挑了一隻在她旁邊的踩跨而上。牟毓鵬朝我們揮手，露出淺淺笑意，我很有自知之明，知道他的笑容是因為晴晴。

旋轉木馬開始緩緩啟動，每次旋轉到牟毓鵬所在的位置，晴晴便會開心地揮舞雙手。他橫拿手機，感覺是真的認真在幫忙拍照，不過鏡頭裡有沒有我就不得而知了。

轉了約莫四五圈，旋轉木馬就停了下來，從木馬上抱下晴晴，她拉著我跑向站在欄杆外等候的牟毓鵬。

「牛牛王子！」她看起來心滿意足，燦亮亮的目光直盯著他的手機，「晴晴想看照片！」

牟毓鵬點開相簿，彎身拿給她看。

照片裡有我，真令人欣慰，我以為他會抓角度只拍晴晴而已。

「好看嗎？」他問晴晴。

小公主猛點頭，開心地抱住牟毓鵬，「好看！謝謝牛牛王子。」

我開始懷疑晴晴是真的自來熟,還是因為牟毓鵬長得帥。

後來,我們又陸陸續續搭乘了觀景列車、旋轉咖啡杯,看小型兒童歌舞秀,逛紀念品店,太陽快下山的時候,才去排摩天輪。

摩天輪沒什麼人氣,一下子就輪到我們了,工作人員叮囑趕快進入座廂,牟毓鵬怕晴晴摔倒,抱起她跟在我後面搭乘。

晴晴拋棄我這個小阿姨,緊緊黏著牟毓鵬不放,看著窗外的景色,小嘴忙著問東問西,所幸牟毓鵬也十分有耐心地一一解答,我趁機拿出手機查看訊息。

「茗寶,麻煩妳大約六點左右送晴晴回來,我要帶她去我爸媽那裡。」

讀完姊夫傳來的訊息,我表情微凝。

牟毓鵬眼尖察覺,關心地問:「怎麼了?」

我搖搖頭,確認了一下時間,「坐完這個,就差不多該送晴晴回家了。」

「我們要回家了嗎?」晴晴轉過頭來看我。

「是啊,姨姨該送妳回家了。」

她噘高小嘴,兩隻小腳晃呀晃地,顯然不情願,但還是很聽話地應聲:「好。」

我猜,會決定把小孩帶去父母家,表示他們談論的結果恐怕不太樂觀,不過……若換作是我,確實也很難接受另一半外遇。

離開遊樂園之前,牟毓鵬在紀念品店買了一隻絨毛布偶熊給晴晴,她很高興地說要帶回家當兔娃娃的男朋友。

回程途中大家都累了,決定搭計程車,牟毓鵬一上車便交代司機行走路線,先送我們回楊茗萱家,他再回咖啡店。

晴晴倒在牟毓鵬懷裡,摟著娃娃昏昏睡去,我拿她沒辦法,打算趁人睡著時抱過來,卻被牟毓鵬制止。

「沒關係。」他說。

我看得出來牟毓鵬是真心喜歡晴晴,他們的相處自然又溫馨,我還偷偷拍了幾張他們互動的照片儲存在手機裡。

「楊茗寶,妳把手機號碼給我吧。」

我一時沒反應過來,「嗯?」

「我把今天拍的照片傳給妳。」

我這才會意,念出一串號碼,「還是你想發LINE給我也行,用手機號碼找得到。」

牟毓鵬顧著輸入號碼沒空回我,但不久我就發現了LINE加好友的通知。

他利用相簿功能,把全部照片一次上傳,我快速地點開,總共有五十多張。

「你拍了這麼多?」而且每張幾乎都有我,他把我拍得很好看。

「晴晴可愛。」他解釋。

「那我呢?」也不知道哪來的勇氣,我竟然不要臉地問:「我也很可愛吧?」

「妳的『可愛』顯然與我的認知有所差距。」

我低頭審視自己,我穿著印有Q版黃色大香蕉的長T-Shirt,搭配牛仔短褲,但都被上衣的下襬遮住了,白色的泡泡襪拉至小腿肚下,搭配一雙紅色休閒鞋。

「嗯?我的穿著怎麼了?」我覺得今天的打扮很OK啊,「我剛剛還被當成年輕時髦的媽媽耶!」

牟毓鵬懶得跟我多說,安靜地閉目養神。

我趁機將他從頭到尾打量一遍。牟毓鵬的穿著,三百六十五天都是白色襯衫搭配黑色休閒西裝褲,我曾經懷疑,他衣櫃裡是不是全都掛著相同款式的衣褲,而且這也不無可能。

「你想睡覺?」他真的不打算理我了嗎?

牟毓鵬沒答腔。

我不想繼續自討沒趣,於是雙手環胸,背靠向椅背,望著窗外隨車速移動、飛掠而過的街景,不知不覺地開始搖頭晃腦了起來……

直到牟毓鵬叫醒我,「楊茗寶,到了。」

計程車停在楊茗萱住處的大樓門口。

我瞇著雙眼,狂打呵欠,這才錯愕地發現我的頭倚在牟毓鵬的肩膀,中間擠著睡到不省人事還流口水的晴晴。

「天啊!」我連忙坐好,低頭掩飾害羞,裝忙地掏出皮包要付錢。

牟毓鵬制止我，「我付就好，妳快帶晴晴回家吧。」

「好。」我點頭，正準備抱晴晴下車，她就醒了。

揉揉惺忪的睡眼，晴晴迷迷糊糊地問：「姨姨，我們到了嗎？」

我摸摸她的頭，輕聲道：「對，姨姨要帶妳回家了喲，我們走吧。」

晴晴依言抱著娃娃挪動屁股至門邊，原本要跟在我身後下車，卻忽然往回偎近牟毓鵬，小聲詢問：「牛牛王子，我以後長大可以當你的新娘嗎？」

那不夠細微的說話音量，剛好足以讓我聽見。我差點沒笑出來，瞥向剛被一個五歲大小女孩告白的男人，興致盎然地等待他的回答。

不久，牟毓鵬勾唇，出乎意料地爽快答應，「好啊。」

我猜，他肯定是沒將童言童語放在心上，覺得如果答應，就能讓晴晴開心，何樂而不為，反正沒人會當真。

找到了心目中的白馬王子，晴晴高興得不得了，她笑容燦然地抓著熊娃娃下車，關門前用力朝牟毓鵬揮手，「牛牛王子再見！」

目送計程車駛離後，我長嘆一口氣。

如果和牟毓鵬去遊樂園玩是一場美夢的話，那現在就是要回歸殘酷的現實世界了……

客廳裡放著一大一小的行李箱，姊夫似乎等候多時，楊茗萱坐在餐桌，低垂著頭、長髮半掩，從我這個角度看不清楚她的表情。

就連年紀小的晴晴，都能感覺得出家裡微妙的氛圍，她眼神疑惑地來回看著爸爸媽媽，不敢出聲。

「晴晴，爸爸帶妳去爺爺奶奶家住幾天，妳要不要跟媽媽說拜拜？」

晴晴歪著頭，不解地問：「那哥哥呢？」

姊夫蹲下身，攬著她安撫，「哥哥也會在那裡，爸爸現在就是要帶妳去找哥哥。」

晴晴還不懂得大人之間的矛盾與複雜，她乖巧地點點頭，走向媽媽。

楊茗萱一把將她摟住，臉埋進那小小的肩窩，什麼話也沒說，我想她是怕一開口就會哭，所以寧可沉默。

晴晴貼心地拍拍她的背，「媽媽要吃飯飯喔，晴晴會很想、很想妳的。」

「好……」楊茗萱聲音輕顫，她摸摸寶貝女兒的臉龐，微笑叮囑：「那晴晴要乖，要聽爸比的話喔！」

姊夫拖著行李到門口，向晴晴伸出手，「我們走吧。」

晴晴牽住爸爸，不捨地頻頻回頭看媽媽，直到門關上的那一刻，楊茗萱的淚水終於滑落。

「早知如此，何必當初呢？」我實在說不出什麼安慰的話，會發生這種事，完全是她咎由自取，雖然這樣說很殘忍，但也是不爭的事實。

楊茗萱沉默地以雙手摀臉，悶聲哭泣。

「結果姊夫說了什麼？」

「他說……他暫時無法面對我，所以決定先分居，再想想之後該怎麼做。」

「姊夫要自己帶著兩個孩子？」

「是。」

「姊夫是不是怕如果他不在，妳有可能會讓兩個孩子見陸皓明？」

「……或許吧。」楊茗萱搖頭，「我也不知道。」

「那妳呢？妳現在打算怎麼做？」

她看起來毫無頭緒，只是悲傷低喃：「我知道錯了，我真的好後悔，我真的很怕失去這個家……」

雖然她是我的親姊姊，但實在很難令人同情。我冷冷說道：「那天在咖啡店，妳不是說妳想跟陸皓明在一起？妳不是說妳真的很喜歡他？怎麼現在就後悔了？」

楊茗萱再度掩面，對於我的質問沒有一項答得出來。

「妳只是害怕失去這個表面上看似『幸福美滿』的家庭吧！」

她低頭拭淚，無法辯駁。

「如果妳愛姊夫，怎麼會出軌？如果妳只是貪戀人人稱羨的美滿家庭，貪戀姊夫的疼愛，那我也說過了，妳還是放過姊夫吧！別殘忍地折磨一個好男人。」

楊茗萱激動地揚聲問：「那宇哲和晴晴怎麼辦？他們還那麼小，我們要是離婚的話，他們該怎麼辦?」

「妳當初有想過他們嗎?如果妳真那麼在乎,就不會犯下這種錯誤。」看她頻頻捶打自己胸口痛苦的模樣,我一點也不感到心疼,只覺得諷刺,「孩子是無辜的,我為他們感到心痛。」

「要是被爸媽們知道了,我該怎麼辦?」

「都決定分居了,他們遲早會知道的。」我想,道德觀很重的老爸可能會打斷她的腿,「姊夫跟他爸媽說了嗎?」

「我不知道……但就像妳說的,兩家人知道是遲早的事。」

「除了認錯以外,妳還有打算做些什麼來挽救這個家嗎?」

「我會跟陸皓明結束關係、斷絕來往,至於其他的目前還沒想到,思緒實在太混亂了……」

我訕笑,「原來,妳是能和陸皓明分手的。」

「楊茗寶,妳一定要這樣對我說話嗎?」楊茗萱臉色一僵,「我已經夠難受了。」

我皺起眉頭,仍是那句老話:「妳活該。」

如果可以,我也不想一直打擊她,但遭受背叛的感覺實在太難受了,曾有過切身之痛的我,是真的同情不了。

楊茗萱難過得再度潸然淚下,一副真的知錯了的樣子。

我鬆開緊抿的唇，喟嘆低語：「希望姊夫能原諒妳吧……」

這是為了兩個可愛的小外甥，我唯一能說的，最體諒的話。

第六杯　無法言喻的喜歡

我的每次迴避、每個小心翼翼，都是為了怕被他發現，那份隱藏在心裡，還無法鼓起勇氣說出口的喜歡。

晚上十一點半，我剛洗完澡癱在床上，揉揉因為走太多路而發酸的小腿，想起牟毓鵬傳的那些照片，一時興起地抓來擺在床頭櫃上的手機，點開LINE的聊天室。

迅速地滑過幾張後，停在其中晴晴笑容燦爛，試圖拿冰淇淋沾我鼻尖的嬉鬧畫面，我忍不住會心一笑，發了訊息給牟毓鵬：「你拍照技術滿好的。」

一會，訊息顯示已讀，我的心也隨之高高懸起，變得有些緊張……

他會回我嗎？以他的個性應該是會已讀不回的吧？

幾分鐘過去，正當我感到失望地準備放棄、關掉手機螢幕時，收到了牟毓鵬的簡短回覆：「我不像妳。」

意思是我拍照技術很爛嗎？

「你又沒看過我拍的照片。」

訊息立刻被讀取。

牟毓鵬：「我不用看，想也知道。」

雖然講話一樣不中聽，但至少他會回訊息，我感性地道：「今天……謝謝你陪我們去遊樂園。」

「我不是陪妳，是陪晴晴。」

他還真是不解風情。我翻了個白眼，敷衍地回：「是是是。」

牟毓鵬：「晴晴還好嗎？」

「還好，只是暫時會跟我姊夫去住她爺爺奶奶家。」

見牟毓鵬沒有多問，我主動地說：「我姊跟姊夫會好好處理，你別擔心。他們在做任何決定之前，也會先評估對小孩的影響程度，盡量將傷害降到最低。」

牟毓鵬：「晴晴是一個很可愛的孩子。」

我傳了一張認同的貼圖給他，然後問：「你怎麼還不睡？」

牟毓鵬：「要睡了。」

「幾點？」

牟毓鵬：「十二點。」

我看了眼時間，「已經十一點五十五了！」

牟毓鵬：「對，所以晚安。」

「咦！」我從床上坐起來，這麼突然的嗎？

訊息停留在已讀的狀態，我想牟毓鵬是不打算回了，因為我等到十二點十分，都沒再收到來訊通知，依照他的個性，想必是準時十二點就上床睡覺了。

我握著手機倒在床上，身體呈現大字型，盯著天花板發呆，邊抬手揉了揉胸口，總覺得自己最近好像哪裡怪怪的，有點不對勁。

以前去咖啡店單純為了寫稿，但現在即使不寫稿我也想去，而且充滿期待。即使什麼事情也沒做，只是坐在熟悉的位子看著來往進出的客人，偶爾滑滑手機，偶爾跟胖胖和芋泥閒聊幾句，偶爾吃吃阿號發明的甜點，再跟牟毓鵬頂頂嘴，一整天就覺得很滿足。

這是為什麼呢？

而且最近幾天，我的心臟好像出了問題，在面對牟毓鵬時，特別容易心跳加速，有時會忘記呼吸，甚至會臉頰發燙，這又是為什麼？

近期有關牟毓鵬的一舉一動、每個表情，就連一記眼神都能輕易地影響我，讓我的情緒起伏不定、心跳失序，尤其是當他那雙深邃的眼睛盯著我看的時候……

唔，我該不會喜歡上他了吧？

不可能、不可能！他是牟毓鵬耶！

那個把我寫給學長的情書，貼在布告欄上害我丟臉的牟毓鵬；那個老是對我說話不客氣，幾乎沒給過我好臉色看的牟毓鵬；那個整天潔癖挑剔，凡事做到極致的牟毓鵬；那個幫我制止變態大叔的騷擾，還陪我向警方說明事發經過的牟毓鵬；那個偶然在咖啡店內再次相遇時，令我內心驚喜的牟毓鵬，那個總是將好意與體貼，隱藏得不為人知的牟毓鵬……

天啊！難道我真的喜歡上他了嗎？

♡

整晚翻來覆去睡不著的後果，就是兩顆黑輪高掛眼下，看起來超像一隻人形熊貓。

本來打算今天不去咖啡店，但走著走著，不知不覺又到了門口，讓我真想唾棄自己。

我及時止步，決定去別的地方買咖啡，雖然咖啡因的提神效果對我來說十分有限，但對咖啡成癮的我，一天沒喝就會渾身不對勁。

「米寶姐！」芋泥的聲音自身後傳來。

我哀怨地皺眉，他就不能當作沒看見我嗎？

「米寶姐，妳幹麼不進來？」

不要！我抗拒地在內心吶喊。

「米寶姐？」芋泥走出店外，繞過來看我，「哇靠！妳怎麼了？黑眼圈也太深了吧！」

不用他說，我也知道我現在的狀態很糟，而且還沒心情化妝，只擦粉底跟撲了一層薄薄的蜜粉，雖然有抹了點遮瑕膏，但顯然沒什麼效果。

「唉……」熬夜寫稿比不上心累。

芋泥以為我是在難過自己只畫淡妝很醜,好心安慰我,「沒關係啦,米寶姐就算不化妝還是很美。」

「謝謝你喔!」他不懂我的心塞,就算被稱讚也沒什麼開心的感覺。

「啊,妳怎麼不進來?」

「我……那個……」我有點怕見到牟毓鵬,那是一種既期待又怕受傷害的心情。

「妳什麼?唉唷,雖然我們還有十分鐘才開店,但大家都這麼熟了,」芋泥邊說,邊手搭上我的肩,攬著我進店裡,「妳之前又不是沒在開店前來過,害羞什麼?」

我半推半就,身體倒是很誠實地跟著走。

牟毓鵬正專心地在沖煮咖啡,吧檯升起裊裊餘煙,撲鼻而來的咖啡香瞬間將我圍繞,占據鼻息,「好香……」

牟毓鵬聞聲抬頭,眉宇瞬間攏起,比平常看見我時皺得更深。他常常對我蹙眉,可能很不想見到我吧……

所以,我要是喜歡他的話,不是在折磨自己嗎?

我走向前,裝作若無其事,「幹麼?」

他盯著我,直言:「妳看起來很嚇人。」

我別過眼,沒骨氣地要求:「我要一杯咖啡。」

「妳昨天幾點睡的？」

他的話怎麼變多了，這是在關心我的意思嗎？

「不記得了。」我連最後有沒有睡著過都不確定。

「喝咖啡對妳有用嗎？」

我乾脆一屁股坐下，聽出他話裡的含義，聳肩道：「就算沒有用，我還是需要啊。」我喝咖啡從來就不是為了要提神。

「妳今天應該待在家休息。」他將剛沖煮好的咖啡端給我，話語間難得帶著關心。

「我下午要去跟朋友開會。」

「那為何這麼早出門？」

「反正也睡不著，待在家裡又覺得悶……」

牟毓鵬懷疑地挑眉，「開會穿這樣？」

我低頭看了看自己偏居家的穿著打扮，「唉喲，沒關係啦！大家都那麼熟了。」

芋泥湊過來問：「米寶姐，妳是要去出版社開會嗎？」

「不是。」去出版社開會我還不敢穿這麼隨便呢！

「不然呢？」

「是餐廳要開會，我和朋友合資開了一間餐廳。」

「真的假的？」芋泥一臉訝異。

這也難怪,我沒跟他們提過這件事。

我和兩個朋友,在附近鬧區合開了一間美式餐廳,至今已有兩年,生意越做越好,每個月都能領到分紅。

餐廳的大小事多半都由他們負責,我只負責出錢跟收錢。我對經營生意沒什麼概念,也懶得管理,所以幾乎很少參加會議,雖然他們要求我每個月至少要一起開兩到三次會,但至今算算我也已經有兩個多月沒出席了,趕稿趕到昏天暗地,哪裡抽得出時間。

這次是因為餐廳再過一陣子要重新裝潢,和更換一些新菜色,所以我才抽空去了解一下狀況,也不好意思一直缺席。

「餐廳在哪裡?」芋泥又問。

「你問這個幹麼?」

「當然是找時間去捧場啊!」

「好啊。」我取來吧檯桌上的公共記事本和原子筆,找了一處空白頁寫下地址。

芋泥拿出手機拍照記錄,邊問:「需要預約嗎?」

我打呵欠道:「最好是先預約。」聽說餐廳最近每到用餐時間,就湧現排隊人潮,生意超好。

牟毓鵬雖然默不吭聲,但目光停留在我身上的時間卻變長了……

注意到這點的我,莫名感到心慌,不太敢與牟毓鵬對視,怕觀察敏銳的他,會透過我的眼神，發現我有別於以往的心思。

我低著頭，隨手翻閱店內的公共記事本，這是用來給客人留下來店心得，或是有什麼天馬行空的點子想寫下，抑或是對某個人開不了口的心裡話，都可以無限制地創作。

我發現有幾頁塗鴉畫得挺好的，還有知名的貼圖畫家來光顧過，有的客人紀錄了第一次約會，有的則是寫下無法說出口的喜歡。

一口氣翻至頁尾，一段工整的字跡，瞬間吸引我的注意。

我總會忍不住將目光停留在你身上。

我總是因為你對我展露的笑容，一整天感到開心不已。

我總是想親自走一遍你的所到之處，從細微的觀察間，搜尋你所遺留下的痕跡。

那天，見你在圖書館內睡著，我偷偷地將一張未屬名的字條，塞進了你的鉛筆盒裡……

我只能這樣，在只有自己知道的愛戀裡，偷偷地喜歡著你。

短短的文字，描述著生活中某段正在發生的暗戀，雖帶有幾分甜蜜，卻又讓人有些心酸……

我趁牟毓鵬不注意，拿起筆尋了一頁空白處寫下一行文字，發現他靠近，立刻蓋上——

「妳……」

「我怎樣?你要幹麼?」我身體向後,戒備地盯著他,儘管內心緊張仍故作鎮定,「你該不會又要跟我收錢了吧?」

牟毓鵬瞅著我一會,突然好看地笑了,而且是之前對晴晴才會有的那種溫柔笑意。

我是不是眼花了?

我搖頭晃腦,挪動身體,卻一個不小心差點摔下吧檯座椅。

我低呼,雙手慌亂地在空中擺動,牟毓鵬見狀,立刻伸手拉住了我。

我不敢輕舉妄動,只能感受著自己加速的心跳,悄悄地屏住呼吸,臉頰幾乎快燒起來了。

這樣提振精神的方式,比任何提神飲料都來得有效,我的瞌睡蟲馬上通通跑光。

牟毓鵬見我這副忘記眨眼,彷彿連呼吸都不順暢的窘態,嘴角隱約地上揚,「楊茗寶,妳坐好了沒?」

我以前怎麼都沒發現,他喊我名字的聲音,如此好聽……

我乾咳了幾聲,在心裡訓斥自己別亂發花痴,「我、我坐好了。」

「別老是冒冒失失的。」他鬆手,調侃道:「都多大的人了,還連張椅子都坐不好。」

怕被他瞧出端倪,我輕咬下唇,別過頭去,假裝是被他氣得不想理他。

咖啡店休時間快結束的時候，芋泥才從外面回來。

早上聽他說，因為現在租屋處的其他房客生活習慣太差，所以租約到期，他沒有打算續租，前幾天找到新的套房，離學校更近、周遭環境便利，屋主對房客也很要求，整體狀況滿理想的，今天要去簽約。

原本他擔心會來不及準時回來上班，還特別為此和牟毓鵬討論，得到允許才出發，豈料竟這麼快就回來了。

和我一起坐在吧檯閒聊的胖胖見到他，便問：「怎麼樣啊？簽約還順利嗎？」

「很順利啊。」芋泥取下後背包拍了拍，「合約到手。」

「屋主人好嗎？」

「其實他不是屋主耶。」芋泥搔了搔頭，「聽說屋主一家都在美國，他只是代理人。」

「那就是房仲嘍？」

「也不是，他好像是屋主的朋友，還幫忙照顧屋主的媽媽。」

胖胖驚歎道：「哇，人也太好了吧。」頓了一下又困惑地說：「但這不是很奇怪嗎？既然屋主一家人都在美國，為什麼會把媽媽獨自留下？屋主媽媽年紀應該很大了吧？」

「嗯，很老了，聽說生活還有點無法自理。我新租的那裡是隔間套房，屋主媽媽就住在其中一間。」

胖胖搖頭，「屋主真不孝耶。」

「我聽阿忠哥說,屋主其實已經算是仁至義盡了……」

「阿忠哥是誰?」我好奇地插嘴。

「是屋主的朋友,代為管理租屋事宜。」

胖胖喝了口水,開玩笑地推測,「是不是屋主媽媽以前拋夫棄子,老了才想回來依靠兒子,所以落得如此下場?」

芋泥推了他一把,「靠,這你也能猜得出來?」

「新聞常報啊。」胖胖聳肩,「反正現今社會,這種事情應該很常見吧?」

「咳、嗯!」阿號和牟毓鵬不知何時回到店裡,突然出現在我們身後。

太過專心聊天的胖胖被嚇了一大跳,猛拍胸口說:「喔!老大,你們回來啦!芋泥已經順利簽好合約,準備搬家了。」

「我知道,我聽見了。」

牟毓鵬的反應有些不尋常,雖然這也不是什麼特別的事,但換作以往,他應該會加入話題關心幾句,此刻的他,卻只是繞過我們走進吧檯。

阿號手指著胖胖,語氣頗為無奈,「你喲你……」似乎也不好說些什麼。

「我怎麼了?」胖胖一臉茫然。

我偷偷觀察牟毓鵬,見他忙著自己的事,神情一貫地淡然,不過,總覺得有股難以言喻之感圍繞著他。

阿號拍手，吩咐道：「開始營業了，你們該幹麼就幹麼去吧。」

我轉了個方向，面對吧檯內若有所思的男人，出聲想引起他的注意：「那個……」

牟毓鵬清洗著杯盤，對我的話置若罔聞。於是，我喊道：「牟毓鵬！」

牟毓鵬靜靜地抬眼睨我，正當我要提問時，他率先開口：「楊茗寶，妳可以不要那麼髒嗎？」他朝我桌前的一遍狼藉揚了揚下巴。

這些紙屑，是我剛剛邊聽胖胖、芋泥聊天時，在口袋裡摸到一張購物明細，邊無意識撕碎的，弄得整面檯桌上都是。

「妳打算要整理嗎？」牟毓鵬輕甩洗好的餐具，妥善地放置於晾架上，接著去挪被我丟在一旁的記事本和原子筆，把筆夾上封面，規矩地立起，利用直角處穩住本子、避免滑落，堅持把所有東西都放得剛剛好。

我像個做錯事的孩子不敢吭聲，迅速將紙屑通通撥入掌心，他卻在此時向我伸手，「拿來。」

我盯著那修長的指掌出神，之前怎麼都沒發現，牟毓鵬有一雙適合彈鋼琴的手，每片指甲都被修剪成相同形狀大小，乾淨整齊——

「楊茗寶！」

我收起思緒，眨了眨眼，「嗯？你要什麼？」

「妳的紙屑。」他舉起手來，以食指及大拇指圈彈了一下我的額頭，「不然我還能要什麼?」

我一手捂著額頭唉叫,「喔,好痛!」

「知道痛就好,看妳下次還敢不敢在我店裡製造髒亂。」

牟毓鵬忽然一掃剛才的凝重,淺淺笑開,那不經意的溫和表情,令我險些招架不住。我已經一整晚沒睡,腦袋渾沌到不曉得自己在做什麼了,他還這樣衝著我笑,令我更加無法思考。

看來,他現在的心情似乎比剛才好些了,不曉得會不會願意回答我的問題……

「牟毓鵬,你是不是有什麼心事啊?」

他挑眉,「我怎麼了?」

「也不是說你怎麼了,只是覺得……」我小心地斟酌用詞,「每次提到和家庭有關的話題,你好像就會比較容易受影響?」

他目光頓時一暗,望著我陷入沉默。

我之所以這麼問,是因為我發現,牟毓鵬似乎特別關心楊茗萱的家庭問題,而那感覺不像僅是因為他喜愛晴晴的緣故。再加上剛才,雖然不確定胖胖說的話,他聽到了多少,但後來阿號表現出的無奈,讓我很難不多做聯想。

而牟毓鵬現在的反應,也間接證實了我的感覺是對的,不過,我有點後悔問他了。

我尷尬地出聲,試圖緩和氣氛,「對不起,是我說話未經大腦,你就當我沒——」

「楊茗寶，妳大學的時候，曾聽同學們說過我的家庭背景嗎？」

「有。」我點頭。

在等同於小型社會的大學環境裡，身為校園風雲人物的牟毓鵬，就像是半個公眾人物，只要與他有關的任何消息都不脛而走，其中當然也會包括他的家庭背景。

我認真回想了一下，「我聽說，你家很有錢，爸媽顏值又高，所以遺傳基因優良……」

牟毓鵬表情微頓，「聽起來很像事實。」

「不然，事實是什麼呢？」我反射性地問。

他輕抿住脣、苦澀一笑後，語調平靜地道：「我的父母早就離婚了。他們口中的那位媽媽，並非我的生母。」

他總是輕描淡寫地訴說自己的事，彷彿已成過往雲煙，早在心上不留痕跡，可是他越是如此，我越能感受到他神情間，那抹隱藏不了的哀傷。

但就算他身旁圍繞著的荊棘會將人刺傷，我也想不顧一切地擁抱他。

「好，我知道了，以後不會再問了。」因為深受父母離異的影響，只要聽見類似的家庭問題，就會特別有所感觸吧。

「沒關係。」牟毓鵬勾脣，「我也沒想到自己會願意告訴妳。」

我絞著手指，心想該怎麼帶開這個沉重的話題，幸好阿號捧著一盒外帶甜點及時出現。

「喏，你拜託的。」他交給牟毓鵬。

牟毓鵬道謝完,轉將盒子推向我,「妳晚點開完會,若還有空的話,幫我把這個帶給晴晴。」

「這是什麼?」

「阿號特製的蛋糕。」

「這麼好!」我打開一看,裡面裝著一個精緻的草莓蛋糕,上頭還有一隻以翻糖製成的可愛獨角獸。「你幹麼突然送晴晴蛋糕?」

「那天在遊樂園答應她的。」

他何時答應過晴晴這件事,我怎麼不知道?

「哎,她應該早就忘了吧,你何必還麻煩阿號……」

「不麻煩啊,其實我常做,因為我女兒也喜歡。」話落,阿號想起烤爐裡的司康快好了,便急忙地返回廚房。

「你對晴晴也太好了吧?」我居然吃起一個孩子的醋。

「妳跟一個小女孩計較什麼?」

那也要有資格計較啊,我又不是你的誰……

「欸,牟毓鵬,你答應晴晴的事情是真的嗎?」

「什麼事?」

居然不記得了?可見他那天果然沒把晴晴的話給當真。

「就……她說長大要嫁給你。」

牟毓鵬一副嫌我傻的表情，「妳難道分辨不出，那只是在哄晴晴的話而已嗎？」

那如果我喜歡你呢？

意識到自己差點衝動說出口，我緊張地緊閉唇瓣，兀自沉默。

「楊茗寶，妳好像有點不太對勁。」牟毓鵬敏銳地說。

那是因為我發現自己好像對你動心了……

我強迫自己揚起若無其事的笑容，「大概是因為昨晚沒睡，精神不濟，所以有些語無倫次。」

他存疑地睇起眼，似在猜測我話裡的真實性。

我心虛地迴避目光，「那個……蛋糕我明天有空再送去給晴晴。」擔心被看穿心思，我決定先行開溜，「我差不多該走了，拜拜！」背起包包，丟下一句話後匆忙離去。

這樣太危險了，我向來不是一個藏得住心事的人，再繼續長時間跟牟毓鵬相處下去，我擔心會不會再過幾天就忍不住告白，然後當場嘗到失戀的滋味。

楊茗寶妳這個白痴！

喜歡誰不好，偏要去喜歡一顆千古不化的石頭。

更何況，無論我怎麼想，自己都不是牟毓鵬會喜歡的類型。

他受不了我的穿著打扮，受不了我對生活隨興沒有規畫，更受不了我的懶散及不夠愛乾淨。

明眼人都看得出來，我們在許多地方都不合適，那我到底……為什麼還會喜歡上他？

第七杯　王子不愛公主

我不想要一段童話故事裡的愛情，我只想要現實世界中的身邊有你，即便短暫，也已足夠。

小時候我常聽媽媽講童話故事，無論是白雪公主、小美人魚、睡美人或是美女與野獸，故事的結尾，永遠都是王子和公主從此過著幸福快樂的生活。

在我遇見初次喜歡的男孩子以前，我一直相信美好的童話故事都是真的，直到國中三年級的時候，第一次被暗戀的男生無情拒絕，理由竟然只是因為我太胖了。

許多年後我回想起當時的自己，在國三那樣荳蔻年華、青春洋溢的少女時期，身高一百六十公分的我，體重竟有六十七公斤，從身後看起來虎背熊腰，就像穿著制服的金剛芭比，比起那些同齡、早熟，知道利用美貌指使男同學幫忙做事的校花系女孩，我會被拒絕的確十分正常。尤其，我喜歡的對象還是校園內小有名氣的帥哥，也不知道當時哪來的自信，竟敢跑去跟對方表白。

在童話世界中，沒有像我這樣大隻的公主，又矮又胖還戴著一副黑框眼鏡，即便有，大概也只有最後變得跟史瑞克一樣的費歐娜公主了。但史瑞克不是白馬王子，他們不住在城堡,而是住在沼澤裡。

於是,認清現實的我,毫不氣餒地決定捲土重來。

第二次被單戀的男生拒絕,是在高二。即便那時的我瘦下來了,也抽高兩公分,但比起那些腰是腰、屁股是屁股,身材好的女孩子,還有很長一段路要走,更別說我那副黑框眼鏡斷掉的地方還被我用膠帶捆著,土得要命。

嘴上喊著想當公主,結果我仍然一點長進也沒有。

高中課業壓力重,每天都要應付多到補不完的習,寫不完的功課跟模擬考,我恨不得一天二十四小時都能癱在床上耍廢,哪還有辦法在趕七點半早自習前,提早一個多小時起床梳妝打扮呢?

心有餘而力不足的我,永遠是不睡到最後一刻絕對不下床,準備出門也是刷牙洗臉、穿上制服便草草了事,就連早餐都是在上學途中狼吞虎嚥。

好不容易捱到大學,升大一那年暑假,我用考上名校的交換條件,向保守又傳統的老爸凹了一筆治裝費。

我扔掉黑框眼鏡改戴隱形眼鏡,上了幾堂化妝教學課,買了幾套新衣服,再順便瘦個五公斤,從此脫胎換骨,醜小鴨變天鵝,勉強擠進了美女圈,占有角落的一席之位。

大一下時,由於愛玩社團的關係,跟藝術系的人混得比較熟,耳濡目染之下,開始嘗試一些較為大膽或繽紛配色的穿搭,逐漸塑造出現在的個人風格。

大二開始，我的桃花莫名其妙就像人品爆發一樣，開滿整片桃花林，三天兩頭被告白都不稀奇。直到那時，我才又想起兒時媽媽說的床邊童話，再加上有個年紀輕輕就嫁給姊夫的姊姊，過著幸福快樂的日子，讓我深信不疑，這世上是有那樣夢幻美好的愛情存在的。

我曾經天真以為，只要讓自己看起來足夠像個美麗的公主，愛情就能夠一帆風順，但現實總是殘酷的，王子與公主的童話，往往很難於真實生活中實踐。經歷過幾段短暫的戀情後，我發現自己有時會在愛情中迷失自我，不清楚自己究竟想要什麼、在乎什麼，所以將就在一段又一段不適合的感情裡，最後無疾而終。

認清童話故事不存在於現實之中，楊茗萱純粹只是好運而已，而我就算把自己變成公主，也沒能遇見王子。

誰說變成漂亮的女生，從此愛情就能一帆風順？

我上了寶貴的一課，漸漸也不再追求外貌上的美麗，頂多熱衷於穿搭，那算是興趣之一吧。

很多人說即使我不精心打扮，也變得越來越漂亮，可惜我已經不在乎了，特別是在發生那件事情以後，我更是深刻體認到，再美麗的外表，也留不住一個變心的男人。

那份深埋在我心底，至今仍無法完全癒合的傷痛，依舊時時刻刻提醒著我——童話故事裡的美好愛情，都是毒藥。

我曾經在腦海中，想像過再次見到他們時的場景，我會有的表現及反應，只是沒想到，今天的巧遇竟會令人如此措手不及,更沒想到的是,我會以這樣的方式,在那種情況下,向牟毓鵬告白。

「他,牟毓鵬,就是我現在喜歡的人!」

咖啡店九點關門前,我投下一顆震撼彈。

拖了牟毓鵬下水,卻沒有勇氣與他對眼,視線環顧眾人,空氣中彷彿凝結出一層冰霜,輕輕一碰就會破碎,窒息的氛圍一點一滴擠壓出我肺部的氧氣,令我呼吸困難。

大家一片沉默,沒有人敢輕易開口,包括我自己,都孬種的接不下話。

直到剛才唯一不在現場的阿號從廚房走出來,數雙盯著我的視線才被分散,我笑容僵硬地問:「工作辛苦了,你要下班了嗎?」

阿號有事情要找牟毓鵬討論,兩人站在一旁說話,胖胖和芋泥則是藉機裝忙逃離現場,留下我跟那兩個人四目相對,默默無語。

讓前男友知道我現在有喜歡的人,並不能代表什麼;讓從前的好姊妹知道我已經不再眷戀她現任男友了,她也不會感激我;讓胖胖跟芋泥知道我喜歡上他們的老大,頂多以後見面被虧個兩三句;但讓牟毓鵬知道我喜歡他,很有可能從此都不希望我出現在他店裡……

所以楊茗寶,妳一定是瘋了!

即使期待,牟毓鵬能像電視劇裡的老套情節一樣英雄救美,假裝成妳的現任男友,讓妳順利躲過尷尬的戲碼落空了,妳也千不該、萬不該走險招,直接向牟毓鵬表白,把自己逼入絕境。

哎……如果時間能倒回三十分鐘前，那該有多好？

下午四點左右，我離開咖啡店，前往出版社跟阿楠及總編開會，直到會議結束，我才發現手機落在店裡的吧檯。

會後正值晚餐時間，阿楠誘惑我，說有間好吃的日本料理想帶我嘗鮮，我不是手機重度使用者，又自信地認為，反正胖胖或芋泥應該認得出那是我的手機，會幫我收好，晚點再去拿也無所謂，就先跟著阿楠去吃飯了。

結果，這是個非常錯誤的決定——早知道會以那樣的方式和「他們」巧遇，我寧願不要那支手機。

我在咖啡店即將關門的前十五分鐘趕到，一見胖胖便問：「你有沒有看到我的手機？」

「吼，米寶姐，我就知道那支手機是妳的。」胖胖擱下手中的餐盤，從員工置物櫃裡取出手機還我。

「它就放在我習慣坐的吧檯位子，不是我的還會是誰的？」

「妳心臟也真是很大顆，都不怕會被人拿走喲？」

我聳肩，一副無所謂，「那剛好可以換新的。」

「說到這個，最近有一支新款手機不錯，茗寶姐要不要考慮一下？」

「哈哈哈，你都把手機還我了——」

「茗寶？」

身後忽然傳出略帶遲疑的呼喚,讓和胖胖聊得正開心的我瞬間愣怔。

那聲音,我仍記得……

我僵直脊背,緩緩回頭,與他們四目相對的那一刻,臉色驀地刷白,胃部甚至感到隱隱作痛,彷彿晚餐吃的東西通通都快吐出來。

為何不能裝作陌生人、視而不見?為什麼非要讓場面變得如此難堪?

「茗寶……」

我的雙腳不受控制地定在原處,腦海裡一片空白,幾乎無法思考。

我沒想過,會在這般毫無心理準備的狀況下和他們巧遇,就像當初,他們背叛我一樣。

邱紹麒和林芝秀,一個是我曾經愛過的男人,一個是我曾經的好朋友,他們聯手摧毀了我對童話故事裡的愛情,僅存的最後一絲期待。在童話故事中,王子不會愛上仙杜瑞拉的姊姊,不會愛上看顧睡美人十六年的仙女,更不會愛上差點毒死白雪公主的壞皇后,但現實生活中會。

當林芝秀聲淚俱下,說她已經羨慕我很久了,一直活在我的光環底下,就像個毫無存在感的附屬品,令她感到痛苦。直至邱紹麒的出現,他是第一個看見她、帶給她溫暖的人,所以,她第一次動了想跟我搶的念頭,因為她是真的很喜歡邱紹麒。

當邱紹麒指控我給的愛不是他想要的,我的付出填補不了他內心的空虛寂寞,坦言不後悔愛上林芝秀,我才發現,原來我們三個人之間,無論是愛情抑或友情,都像是一場鬧劇。

他們怎麼可以聯合起來傷害真心對他們的我，將我瞞在鼓裡整整半年，背地裡暗中來往？

在我為邱紹麒的冷淡傷心哭泣時，林芝秀還假惺惺地陪在我身邊給予安慰；在我跟她討論著要送什麼，如何幫邱紹麒慶祝生日時，我竟然還採用她的建議，和她一起去挑選禮物……光是想起那些過往，就令我感到頭皮發麻、噁心至極。

哪怕念在我們彼此之間擁有過的美好，他們都不該那樣對我，更不該在我傷痛欲絕，指責林芝秀是第三者的時候，她還理直氣壯地反擊說：「在愛情裡，不被愛的人才是第三者。」

那一刻，我真的很想掐住她的脖子，拽著她的頭髮瘋狂嘶吼尖叫，如同韓劇裡那些強悍地對待小三的元配，但我終究沒有。

同時遭受愛情及友情的背叛，那撕心裂肺的傷痛，讓我有一陣子變得像隻刺蝟般，刺傷所有愛我、關心我的人，包括一直以來陪在我身邊的詩詩。

我永遠忘不了，詩詩眼神受傷地往我臉上揮下一巴掌時的場景。她打得我臉都腫了，儘管悲傷讓我感覺不到身體上的疼痛，但她的眼淚卻刺痛我的心，她邊罵我，邊放聲大哭，說她有多愛我，不忍心再繼續看我自暴自棄。

那天，我們都哭了很久，隔天兩眼腫得跟蚌殼似地睜不開，她不允許我灰心喪志，拖著我四處旅行散心，沿途遇見的溫暖人事物，終於令我慢慢地卸下心防，決定重新振作，不再為不值得的人傷心流淚。

詩詩說:「憑什麼他們傷害了妳,依舊可以大吃大喝、正常生活,過著幸福快樂的日子,而妳卻要躲起來自怨自艾,過得如此悲慘,彷彿全世界的人都對不起妳。」

我覺得她說得很有道理,倘若連我都不善待自己,如何要求別人珍惜?

我刪掉一切有關邱紹麒與林芝秀的過去,封鎖聯繫、清除回憶,努力讓自己過得比從前更好,而我確實也做到了。

既然如此,為何如今再見到他們,我仍會像隻縮頭烏龜般,想要逃避……

我面無表情地看著邱紹麒和林芝秀,不發一語。

邱紹麒朝我走近了一步,揚起溫和微笑,「妳最近好嗎?」

他這句話問得輕巧,彷彿過去的種種,都能被一句問候,輕描淡寫地一筆帶過。

我盯著他臉上的笑容,全身血液彷彿都被抽乾了,一陣沉默後,聽見自己開口:「我不認為有必要回答你。」

邱紹麒神情有些失落,「我想……妳大概還是不肯原諒我們。」

以後都不會再有交集的人,無所謂原不原諒。

「我的原諒重要嗎?你們過得開心就好了。」看見他們還在一起,我想他們應該很享受這份「得來不易」的幸福。

林芝秀眼泛淚光,殷切地望著我,「茗寶,我真的對妳感到很抱歉,妳能夠原諒我嗎?」

「原諒？」我勾起一抹冷笑，「當初你們背叛我的時候，就沒想過得到我的原諒不是嗎？」

打從她理直氣壯搶我男人的那時起，她的道歉，就不再具有任何意義了。

邱紹麒跟著說：「芝秀一直掛在心上，覺得傷害妳很愧疚。我也是。」

我淡漠地瞥了林芝秀一眼，「你不覺得『愧疚』兩個字，從你們嘴裡說出來很可笑嗎？」

林芝秀目光閃爍，無法坦然與我對視，她垂下雙肩，難過地道：「就算不肯原諒我們，起碼讓我們知道妳現在過得好不好……」

與他們好聲好氣的態度相比，我反倒成了壞人。

我無奈地輕嘆，「你們是希望能從我口中聽見，失去你們後，我就活不下去了這種話嗎？」

邱紹麒蹙眉，「我們不是這意思，茗寶，妳為什麼說話總是像隻刺蝟一樣。」

我冷漠回視，「是誰讓我變成這樣的？」

邱紹麒垂下眼簾，「我以為……妳沒有我會過得更好，我們本來就不合適……」

「是，沒有你，我的確過得很好。」這點我不否認，但不合適並不代表你就可以背地裡跟我的好朋友在一起，合起來欺騙我。

林芝秀趁機問：「那妳現在，身邊有新的對象嗎？」

我知道她為什麼這麼關心，如果我的答案是肯定的，她就可以心安理得地卸下愧疚，獻上祝福,讓過去的事情真正告一段落。

但她這樣的想法,讓我感到更加憤怒。這個女人,直到現在依舊自私!

我緊抿著唇,待最後幾桌客人陸續離開,才忍不住地斥責:「這不關你們的事,妳憑什麼問我?」

「茗寶,我們只是想關心妳,希望妳能得到幸福。」邱紹麒擺出一副真心誠意的模樣,讓我看了簡直想吐。

我壓抑情緒,做了幾次深呼吸,皮笑肉不笑地說:「不勞你們費心,我現在過得很好,而且也已經有喜歡的人了。」對他們動怒就是真的輸了,都到這個節骨眼上,我可不想再輸給他們一次。

「那太好了,希望妳……一切順利。」邱紹麒露出笑容,一副很為我開心的樣子。

我嗤之以鼻,「好聽的話誰都會說。」

林芝秀表情真摯地開口:「茗寶,我們是真心的。」

邱紹麒跟著附和:「真心希望那個對象,能帶給妳幸福。」

現在是在演哪一齣?

他們輪流說好話,感人肺腑到只差沒有直接走過來握住我的手,來場世紀大和解。

我不耐煩地說:「這麼好心的話,乾脆你們親自跟他說吧。」

他們面面相覷,對我突如其來的話感到不解,「親自……跟他說?」

「他，牟毓鵬，就是我現在喜歡的人！」

在我清楚且大聲的告白之後，在場的每個人，看著我的表情都十分錯愕。

送走最後一桌客人的胖胖聞聲回頭，下巴差點沒掉下來。

我見阿號的身影出現在廚房門口，清了清嗓，笑容僵硬、裝沒事地開口：「工作辛苦了，你要下班了嗎？」

阿號愣了一下，看起來有些摸不著頭緒，「呃……快了。」然後與牟毓鵬站在一旁討論事情。

「我忘了要去打掃廁所！」

「我還沒擦桌子！」

胖胖跟芋泥藉口裝忙，實則趁機腳底抹油閃人，留下我跟邱紹麒和林芝秀，三個人相互瞪眼，無話可說。

我一定是腦抽了，才會因為一時情急而賭氣向牟毓鵬告白，雖然可以順便當作試探他的反應，但現在感覺比較像是自食惡果，後悔也來不及了。

等面對完他們，我實在沒有多餘的心力，能再應付緊接而來的失戀……

邱紹麒似乎看出我的煩惱，主動替我化解尷尬，「他看起來像是個不錯的對象。」

林芝秀點點頭，和邱紹麒一搭一唱，「是啊，而且長得好帥。」

他們的好意，根本是弄巧成拙，即便牟毓鵬再優秀，喜歡他是我當方面的事情，人家又還沒接受……

我皺起眉頭,想叫他們別說了,「你們——」

但剛出聲,便遭牟毓鵬打斷,「我和楊茗寶之間的事情,與外人無關。」淡漠的聲嗓,清楚地下達逐客令,「還有,我們已經打烊了,請離開吧。」

碰了一鼻子灰的兩人,只能識相地離開,邱紹麒牽起林芝秀的手,向我鄭重道別:「那我們先走了。再見,茗寶。」

「再見。」我說。希望這次是真的,再也不見。

替咖啡店掛上「本日結束營業」的牌子後,我試著讓自己處於腦袋淨空的狀態,避免胡思亂想。牟毓鵬忙著關店沒空理我,我選了一隅安靜、靠玻璃窗的雙人座位待著,不想打擾他做事。

直到整理得差不多,牟毓鵬才走過來問:「楊茗寶,妳怎麼還不回去?」

我抬眼,與站著的他對視,「你不問我嗎?」

「問什麼?」

「就我……當著大家的面,向你告白的事。」我不相信他沒聽見。

牟毓鵬一雙清澈的眼中平靜無波,「嗯,我知道。」

「那你為什麼一點反應也沒有?」

該不會是想裝傻到底吧?就算要拒絕,好歹也正式一點啊,這算什麼?

他神情淡然，「妳剛才不是為了面子才那麼說的嗎？」

「你覺得我在拿你當擋箭牌？」

牟毓鵬輕揚起眉，「難道不是？」

在那種情況下是有可能被誤會，但我是真心的啊。

「那你還說什麼我們之間的事與外人無關？」害我白高興一場，以為我們之間真能有什麼……

「我們之間即便沒什麼，也無須向他們解釋。」

我低垂眉眼，因他的話而感到受傷。

我知道，如果想挽回至少能算得上是朋友的關係，就該順著他的話接下去，當作這一切只是個玩笑。

但我玩不起暗戀的遊戲，無法把喜歡一個人的感情憋在心裡太久，更沒辦法明明喜歡牟毓鵬卻裝作討厭他；明明想見他，還欺騙自己是為了他煮咖啡的好手藝。

雖然不清楚究竟是何時開始喜歡上他的，但當我發現時，對他的喜歡，幾乎已經快隱藏不住了。

如此一來，承不承認，又有何區別呢？

反正，他遲早會發現的……

「不是。」

就算牟毓鵬會拒絕我，就算我們之間沒有任何可能，我也想好好面對自己的感情，問心無愧地去喜歡一個人。

牟毓鵬沉默了許久，才悄無聲息地輕嘆一口氣，拉開對面的椅子坐下，認真跟我討論起這件事：「那妳告訴我，妳喜歡我什麼？」

「我不知道。」這個問題我也無解，「喜歡一個人，一定要有理由嗎？」

答案雖不盡人意，但他也沒辦法說我錯，於是試著和我講理：「楊茗寶，妳覺得我們適合嗎？」

「我……」若以理性分析，我們確實不太合適，我甚至無法確定，他有沒有辦法包容我與他南轅北轍的個性。

「妳答不出來，對吧？因為妳知道，我們在許多地方都不合適。」他平靜的語氣，像在跟我討論什麼學術性的議題。

「話是這麼說沒錯，但如果你喜歡我的話，難道也無法包容我們之間存在的差異嗎？」兩個人在一起，憑的是一種感覺、一份悸動，而非一道需要以數學公式來驗算的習題。

「感情是互相的。除了包容之外，還需要妥協、調整及改變。」牟毓鵬道。

「我知道啊。」我又不是沒談過戀愛，雖然都挺失敗的就是了。

「我問妳，如果我無論如何，都不能接受妳的穿著打扮，妳會願意為我改變嗎？」

「不會，我不會為了你改變。」我知道我的穿搭風格，和成熟穩重的牟毓鵬差很多，但是我喜歡自己現在的樣子。

牟毓鵬點了下頭，接著問：「對於未來，妳除了繼續寫小說，以及和朋友合資開的那間餐廳之外，還有哪些規畫？有想再學習些什麼嗎？」

「未來的事情我沒想過，也不會預設。」我一向活在當下，只求每一步都能走得安穩踏實，何況計畫趕不上變化，人生又不是一張時刻表，沒必要按表操課吧？

「那妳愛乾淨嗎？」

「……」我就知道這會是個問題。不過，就他這半年多來對我的觀察，還需要問嗎？

「妳不愛乾淨，但我有潔癖。」

「你不要講得好像我很髒一樣……」我頂多只是比較不注重衛生細節罷了。

「我剛剛提的那些，妳都不可能改變對吧？」

我愣了愣，直覺反應，「不、不太可能？」

唉，但這樣回答不就沒戲了嗎？

果然，牟毓鵬藉機下了結論：「沒錯，因為如果做出改變，妳就不再是原本的楊茗寶了。」

「但我喜歡你啊！」即便知道我們不合適，但我沒辦法欺騙自己的內心。「牟毓鵬，我喜歡你！」

「楊茗寶……」牟毓鵬斂去目光低嘆，手指輕點桌面，一會，他問：「妳為什麼和那男的分手？」

我一時反應不過來，「你說誰？」

「那個逼得妳在大庭廣眾之下向我告白的男人。」他面露思索，接著說：「如果我沒猜錯，他應該就是那個妳之前提起過，傷妳很深的人。」

原來他是在說邱紹麒。我會意後道：「你應該有看見跟他在一起的女人吧？她曾經是我的好朋友。」

雖然知道那段感情令我很受傷，牟毓鵬還是有目的性地問：「妳知道，他移情別戀的原因嗎？」

「他說我們個性不合，繼續在一起只會互相折磨，因為我給不了他想要的。」

「妳和他，有比我跟妳更不適合嗎？」

我蹙眉，不悅地揚高語調，「這我怎麼知道？」不喜歡我可以直說，為什麼要用過去的戀情來定義我們之間的可能性？根本就是在傷口上灑鹽。

「我們又沒有交往過，你要我怎麼回答你？」

「有過那樣的經驗，妳還想跟我在一起嗎？搞不好我們更不適合，會有更多摩擦，帶給彼此更多的傷害——」

牟毓鵬此番話，如野火燎原般迅速點燃了我的情緒。

「牟毓鵬，你夠了！」我想，我已經清楚地接收到，他拐彎抹角想拒絕的意思了。「你不喜歡我可以直說，為什麼要揭人傷疤？我看你拒絕那些愛慕你的女人都很果斷簡潔，為什麼偏偏對我就要咄咄逼人？你大可不必這樣——」

「對不起。」

這聲道歉來得突然，我不明所以地閉嘴瞪向他，緊咬下唇，心中的怒火被稍微撲滅了，但隨之而來的，卻是一陣濃濃地鼻酸……

現在是什麼意思？

牟毓鵬的臉上，難得地掠過一抹不知所措，「楊茗寶，不要哭。」

我後知後覺地抬手抹臉，驚覺自己竟然不爭氣地哭了。

眼淚像斷了線的珍珠一樣停不下來，我捂唇，或許是真的感到委屈了，決定盡情地發洩情緒，也不管是不是在牟毓鵬面前，抑或是要顧及什麼面子。

牟毓鵬默默無語，從旁拿來一疊面紙給我擦淚。過了好一會，見我情緒緩和，他輕嘆：「妳知道哭並不能解決問題……」

「我今天遇到了這輩子都不想再見到的兩個人，心裡巴不得他們早就已經分手了，結果他們仍是一副很幸福的模樣。而在我一時衝動之下，做出當眾向你告白的蠢事後，連現在被你拒絕，都還要聽你分析我們之間為什麼不可能。難道這還不夠悲慘嗎？你到底還想要解決什麼問題？」我繼續一把眼淚、一把鼻涕地說：「感情又不是解公式，就算不應該喜歡你，我也沒辦法馬上修正啊……」

「我沒有要拒絕妳。」聽著我一連串控訴,很難插得上話的牟毓鵬,終於趁我在喘口氣時拋出這句話。

「……」我含著眼淚發愣,吸吸鼻子、瞪圓了眼,有點被他給搞糊塗了,「你沒有要拒絕我?那你……會接受我?」

「不會。」

「這又是什麼意思?」他是在耍我嗎?

牟毓鵬沉默半晌,緩緩開口:「楊茗寶,我們先順其自然,好嗎?」

「喜歡就喜歡,不喜歡就不喜歡,什麼叫順其自然?」感情又沒有所謂的中間值!

「我還沒有準備好。」

「你是不喜歡我,不是還沒有準備好……」我逕自論斷,說完又想哭了,「你已經單身那麼多年了,還要準備什麼?如果你夠喜歡我的話,根本就……」

牟毓鵬驀地伸手,握住我置於桌上的手。

這令我瞬間安靜了下來,感受著他掌心傳遞的體溫,我的心又跟著撲通、撲通地跳了。

不知道過了多久,我鼓起勇氣問:「你是因為,還忘不了袁麗容嗎?」

「妳知道她?」

「阿號和我提過,但並沒有說太多。」

牟毓鵬的眼底竄過一抹複雜情緒,低聲開口:「對於麗容,我的心裡只有愧疚和遺憾。」

「那愛呢？」我追問。真如他之前所言，從未有過嗎？

他沒有回答，靜默了幾秒後，避重就輕卻無比謹慎地道：「楊茗寶，談感情需要想清楚，我雖然現在沒辦法給一個妳想聽的答案，但我會認真看待這件事情的，好嗎？」

所以，我不算失戀，即便他沒有馬上接受我，但未來，我們是有可能的，對嗎？

我動了動嘴想問，卻遲遲勇敢不了。

怕問得太清楚，又要傷心了……

♡

牟毓鵬出發去外地參加咖啡展了，最快要兩週才會回來，而這期間，店內的事都交由阿號代理。

牟毓鵬不在，讓我少了去光顧咖啡店的動力。

但今天，根據胖胖的情報，因為一直下大雨的關係，店內生意比較不忙，若我想找阿號聊聊，可以過去一趟。

阿號和牟毓鵬是多年的好友，應該會知道一些關於牟毓鵬過去的事情。

我站在店外，將輕輕甩過的溼傘插入門前的傘架。

胖胖眼尖地發現我，替我開門，他另一手拎著空拖盤，應該是剛為客人送完餐點。

「米寶姐,妳來啦!」

胖胖朝氣的迎接聲,引來幾位客人的側目,讓我有點難為情,我瞄了一眼吧檯,見阿號正熟稔地在煮咖啡,「你們今天真的不忙嗎?」

「還好,只是在妳之前,又臨時來了一兩桌客人,等他這波忙完,應該就有空和妳聊天了。」

「我不急,你們還在營業時間,以工作為重。」

我坐上吧檯的高腳椅,向阿號點了下頭。

他笑說:「我以為毓鵬不在,妳就不會想來了。」

「我是特別來找你的。」我坦言。

阿號抬頭看了我一眼,「找我?」接著低頭繼續在拿鐵咖啡的奶泡上完成拉花,準備叫胖胖送去給客人,可是卻不見他人影。

「咦?胖胖呢?」

幫他環顧過外場,我猜測道:「大概是去上廁所了吧?」

「嗯,有可能……」阿號點點頭,「他不曉得是吃壞了什麼東西,腸胃不太舒服,已經跑了好幾次廁所。」

我主動地端起咖啡,「那我送去吧。」

「這怎麼好意思,妳也是客人。」

「舉手之勞而已，沒關係啦！」將咖啡放上托盤後，我問：「還有什麼要送的嗎？」

「喔，差點忘了，還有這個。」阿號從玻璃櫃內取出一塊蛋糕裝盤，「麻煩妳，幫我送去那桌，給那位女士。」

我順著他手指的方向望去，「OK。」

其實剛才進門時，我有留意到這位女客人，她坐在離牟毓鵬掛的那幅〈拾穗者〉最近的座位，對著畫注視了許久，神情看上去若有所思，帶著幾分悲傷。

她略施淡妝的面容姣好、慈眉善目，氣質溫柔婉約，儘管看得出來有些年紀了，體態仍保養得宜。

待我送上餐點，她禮貌致謝，然而目光卻與我有些迴避。

即便如此，我還是發現了她眼中的氤氳。

我走沒幾步後回頭，見她低頭拭淚的小動作，猶豫幾秒，終於忍不住多管閒事，從餐具區抽了幾張紙巾折返，遞給她。

女士的表情露出些許訝異，接過我手裡的面紙時，再度道謝。

「妳還好嗎？」

她無聲地點頭。

怕她一個人會越想越傷心，我試著轉移她的注意力，「妳是第一次來嗎？」

「是。」

我隨口問：「那是在網路上查到的，還是聽朋友推薦呢？」

「我是某天看新聞，有美食記者推薦這間店的咖啡和蛋糕，環境感覺也滿不錯的，所以就想來光顧看看。」

「原來如此。」

女士把擦過眼淚的面紙摺成方形，整齊放在一旁的動作，讓我想起了某人，不禁噗嗤一笑。

「嗯？怎麼了？」她疑惑地問。

我抬手捂了下唇，「沒什麼。」

她瞅著我，不一會，淺笑稱讚：「妳真是一位觀察敏銳、心思細膩的好員工。」

「我？」指了指自己後，笑著搖搖手，「我不是這裡的員工啦，我只是這間店的常客，因為跟老闆還滿熟的，就幫忙送一下餐。」

女士微皺起眉，轉移目光地問：「是……現在在吧檯的那位嗎？」

「不是。老闆今天沒來，他去外地參展了。」

她輕喃：「難怪……」

「妳認識老闆嗎？」

「不，我只是記得當時記者有採訪老闆，印象中，好像和那位長得不太一樣。」

我點點頭，「那我不打擾妳了，妳慢慢享用喔，『仲夏圓舞曲』是店內的招牌之一，酸酸甜甜超好吃的。」

「請等等！」女士叫住我。

我應聲回頭，「怎麼了嗎？」

「妳知道……」她欲言又止，但很快地便再度開口：「我發現這幅〈拾穗者〉和店內風格不太一樣，是有人送給老闆，所以才掛上去的嗎？」

原來大家的審美都是一致的，但若不是因為袁麗容，我想牟毓鵬應該也不會掛上去。

「不是。」我簡短回答，畢竟是關於牟毓鵬的私事，也不方便多說。

可是她這麼一問，倒是令我好奇，她為什麼會看著〈拾穗者〉落淚了。

第八杯　被隱藏的過去

我明白有些遺憾無法避免，但無論橫跨在我們之間的是什麼，我都希望能堅定地走到你身邊。

「妳很喜歡這幅畫嗎?」

女士淡淡地回答:「是我女兒喜歡。」她露出一抹淺笑,指向身旁的空位,「若不介意的話,能陪我聊聊天嗎?」

既然是由我起的頭,也不好拒絕,我依言坐下,根據她剛才的狀況推測,「妳是和女兒吵架了嗎?」

「是呀。」她喝了一口咖啡,嘆道:「我是個失敗的母親,直到現在,都還沒能與她和好。」

「為什麼?」她看起來不像是無法溝通的父母。

「因為,我始終不懂她的心。」

「那就試著去了解啊。」

她看了一眼〈拾穗者〉,幽幽地說:「人有時候面對事情,都是要等演變到無可挽回的地步,才會學著改變,可惜為時已晚了。」

「妳是說已經太遲了嗎？」我沉吟，蹙眉想了想，「那她應該是真的很生氣吧？」

「她沒有生氣，只是我的不理解，一直讓她過得很辛苦、很心碎。」

「妳怎麼知道？」

「在整理她的東西時，我看到了她寫的日記。」

「嗯……偷看女兒的日記不太好耶。」我輕撓鼻尖，「不過，既然這樣，妳可以去找她說開啊。」

女士低垂目光，似有難言之隱，「如果可以，那就好了。」她苦笑搖頭，以面紙輕壓溼潤的眼角，自責地說：「我不是一個好妻子，更不是個好媽媽。」

「但妳感覺不像有那麼糟呀……」我誠實地說出想法。

她勾唇，展眉笑問：「小姐，妳看起來很年輕，還是大學生嗎？」

我心裡既開心，又有些不好意思，「我已經大學畢業滿久了……」

聽我說出實際年齡，女士感到驚訝，但同時揚起微笑，「那妳跟我女兒差不多大呢！」

「這麼巧。」我睜圓了眼，「可是妳看起來比我媽還要年輕許多呢！」其實這麼說也有欠公平，畢竟我還有個姊姊。

女士笑容溫柔地自我介紹：「我叫莊淑英。」接著反問：「那妳叫什麼名字？」

「我叫楊茗寶。」

「茗寶……茗寶……」她低聲念了幾次，「真是個可愛的名字，而且妳長得很漂亮。」

莊淑英親切的態度,瞬間就拉近了我們倆的距離。而她對我的讚美,也令我心情愉悅。我禮尚往來地安慰道:「我覺得妳別太難過了,或許事情沒有妳想像的那麼糟。」

莊淑英握著叉子,原本想品嘗蛋糕,可是猶豫了一陣,又放下了。她的臉色難掩憂愁,一會,鼓足勇氣開口:「我現在的先生,是我還在上一段婚姻時,外遇的對象。」

她這一句難以啟齒的開場白,讓我除了繼續聽下去之外,壓根接不上話。

「我和前夫離婚,離開那個家的時候,小孩還年幼。而小孩的成長過程,我一次也沒去看過他。」

「所以……妳除了女兒,另外還有一個小孩?」

「對,是個兒子。」

「那妳為何不去看他?妳不愛他嗎?」

「我……」

見她面有難色,我趕緊道:「若妳不想說也沒關係,是我太冒昧了。」

她抿了一下唇,深呼吸後接著說:「我和前夫,是透過朋友介紹認識的,因為懷孕才結婚,本來就沒有太深的感情基礎,婚後所產生的各種摩擦與性格上極大的差異,讓那段婚姻簡直像一場災難。當我遇見現任丈夫時,我其實很猶豫是否要告訴他我已婚的身分,儘管經歷一番掙扎後,我決定坦白,卻沒勇氣誠實說出自己有一個孩子……」

難怪,她會說自己不是一個好妻子,也不是個好媽媽。

「但這個世界上，沒有永遠的祕密。多年後，我遇到了我的兒子，只是沒想到，他和我女兒是好朋友，而他們的感情實在太好了，好到令我害怕，於是，我做了一件不可挽回、自私又殘忍的事情……」

不會是兩個孩子互相喜歡、戀愛後，才發現他們是失散多年、同母異父的兄妹吧？

「妳做了什麼？」

「我要求我兒子，遠離我的女兒和我的家庭。」莊淑英哽咽地說，眼淚奪眶而出。

我默默地遞出面紙，想再問些什麼，卻不知該如何啟齒。

「這大概就是我的報應吧……」她輕喘了一口氣，鼻音濃厚，「後來事情變得一發不可收拾，完全超出我的想像，導致最終，我兩個孩子都失去了。」

我感嘆，「從未擁有過，又何來的失去呢？」她至始至終，都不曾好好當過那名男孩的母親啊。

莊淑英聽出我話裡的含意，無法否認，只能無聲落淚。

「妳還有和兒子聯絡嗎？」

她搖搖頭，「沒有。那些事情結束之後，我花了很長一段時間才走出傷痛，但只要想起那兩個可憐的孩子，我心裡就有說不出的慚愧與歉疚，即使想挽回、想彌補，也不知道該怎麼做。」

「確實是挺難的。」若我是他們，肯定也很難原諒這樣的母親。

「茗寶,如果妳是我兒子,妳還願意重新接納像我這樣失敗的母親嗎?」

「嗯……」我一時之間不曉得怎麼回答。

身為一個局外人,我當然可以不負責任,輕鬆地說出她想聽的答案,但那對事情一點幫助也沒有。

莊淑英眼中的期待,隨著我的靜默而消散,「妳不願意,對吧?」

看她這樣,我有點於心不忍,儘管發生這些事情,完全是她咎由自取,但她願意敞開心扉告訴我這麼多,我總得提供一些有幫助的意見,否則不就很像只是在聽八卦嗎?

思忖片刻,我予以鼓勵地開口:「雖然我不是妳兒子,無法預測他是否會原諒妳,但我覺得心結和傷痛,是需要真心和時間去等待它慢慢治癒的。妳應該主動去把這個結給解開,即便那是一道橫在你們之間,有可能一輩子都跨越不了的坎,但我認為,這是身為一位母親應該做的。」

聽完這番話,莊淑英原本凝住的淚水,再度潰堤。她泣不成聲地點了下頭,「好,我知道了……謝謝妳。」

♡

晚上,阿虢忙告一段落,端了一杯熱美式給我,「趁老闆不在,免費招待。」

「你最好了。」我雙手捧起咖啡杯，嗅著讓人上癮的迷人香氣，邊咕噥：「哪像牟毓鵬那麼小氣，也不懂得回饋常客，真不會做生意。」

「我看妳也挺會做生意的，觀察細膩，還懂得陪客人聊天。」

「你說下午那位客人呀？」

「嗯哼。」阿號應聲，拿起抹布擦了擦流理台上的水漬。「她離開前不是說，改天會再來嗎？」

「對耶。」我一臉得意，「我幫你們店拉攏到一位潛在的忠實顧客，以後她來的每筆消費，我可以抽成嗎？」

「我老闆說行，就行。」

「真狡猾……」我嘟嘴嚷嚷，「呈報到牟毓鵬那裡的話，根本沒得談。」

「欸，米寶，妳真的喜歡毓鵬呀？」阿號瞬間話題一轉，興致盎然地問。

我措手不及，差點被咖啡嗆到。都已經過了好幾天了，他怎麼還記得這件事？

那天，雖然阿號錯過了我經典的告白現場，但店裡有八卦的芋泥和胖胖在，他會知道我一點也不意外。

果不其然，阿號搓了搓下巴道：「我還聽胖胖說，那天毓鵬有幫妳解圍。就胖胖的說法是『帥炸了』，哈。」

「那算解圍嗎？」被插心過太多次，讓我不敢想得太美好。「他應該只是不想被耽誤打烊時間吧。」

「妳別太看輕自己了。」阿號笑道,「以毓鵬的個性,能那樣已是不容易。」

「謝謝了。」無論是不是安慰我的。

「不要這麼沮喪嘛。喜歡一個人,是件很美好的事。」

通過這樣的對話,我想他多少都能確認我對牟毓鵬的心意了。

我嘆氣,「我是喜歡他,但估計也就僅止於此了。」

「為什麼?」

「因為他說要順其自然。」

長痛不如短痛,我還寧願他直接拒絕我。結果現在不上不下的,搞得我都快要悶死了。

阿號朗聲大笑,「他會那樣說,我不意外。」他還不忘揶揄,「不過,妳在那種情況下,以那樣的方式表白,比較令我意外。」

我趴倒在桌上,生命值直接歸零,哭喪著臉說:「但現在的重點,已經不是我用什麼方式告白了……」

「其實我覺得,你們兩個如果能在一起,應該挺好的。」

這大概是近期我聽過最中聽的一句話了。我眼睛為之一亮,「是嗎?你真這麼認為?」但某人不這麼想啊。

「有時候性格太過相似的兩個人在一起,反而擦不出什麼火花,雖然合適卻難免平淡。

「我和前夫離婚，離開那個家的時候，小孩還年幼。而小孩的成長過程，我一次也沒去看過他。」

腦海中，驀地浮現莊淑英說的話，還有她看著〈拾穗者〉落淚的畫面，一個念頭閃過，我震驚激動地問：「那下午的那位女客人，你見過嗎？他是不是牟毓鵬的母親？」

阿號困惑地看著我，不明所以，「我沒看清楚……她跟妳說了什麼嗎？妳怎麼會覺得和毓鵬有關係？」

我的思緒十分混亂，一時解釋不清。

會不會是我想多了？

社會上，在孩子年幼時離婚的父母何其多，我沒有直接證據，怎麼能因為莊淑英對於過去的描述，和牟毓鵬與袁麗容的關係背景相似，就隨便加以拼湊揣測？

更何況，莊淑英又沒說她女兒已經死了。

「米寶，妳還好嗎？」

我甩開那些毫無根據的假設，不解地問：「但你之前說，袁麗容是牟毓鵬心裡的人……」

「她確實是啊。麗容還在世時，他們是一對感情滿好的兄妹，正因如此，才會被誤認成情侶的吧。」

「多年後，我遇到了我的兒子，只是沒想到，他和我女兒是好朋友……」

不可能有這麼巧的事吧！

我用力地甩開念頭，撇去對莊淑英和他們之間的聯想。

也許是發現我神色有異，阿號關心地問：「妳沒事吧？」

「我沒事。」怕話題會就此斷了，我急忙地接著說：「那他們為什麼不澄清？還故意讓別人誤會？」

而且一誤會就是好多年，害我一直以為牟毓鵬還忘不掉過去的感情。

阿號聳肩輕笑，「這不正好可以擋掉不少桃花？」

「牟毓鵬有需要靠妹妹來擋桃花嗎？」

他不是向來都直接以一句「我不喜歡妳」，無情地拒絕向他告白的女孩子們嗎？

阿號擺了擺手，彷彿也有很多經驗之談，「拒絕別人的告白很麻煩的，遇到那種糾纏不休的，更是棘手。」

我嘴角一僵，回想起自己那天的告白，不曉得有沒有表現得太過死纏爛打……

「那你知道，袁麗容是怎麼過世的嗎？」

「是車禍。」

「怎麼會……」

阿號雙手盤胸，思索了一陣，「我記得，好像是她乘坐朋友的車，車輛在行經山路彎道時發生了意外。至於詳細情形，我就不曉得了。」

感情要好的妹妹意外過世，牟毓鵬一定很難過，但——

「那牟毓鵬為什麼要一直保持單身？」

原本以為他是舊情難忘，所以不願意敞開心扉接受別人，但既然只是場誤會，那他始終一個人的原因，難不成只是因為眼光太高？

阿號搓了搓下巴，「這個問題我也私下問過他幾次，不過他的回答，都沒什麼建設性。」

「他說什麼？」

「他說他沒想那麼多。」

我直接翻了一個白眼。

任何事情都要按部就班、照表操課，凡事也都會提前規畫妥當的人，居然唯獨對感情，沒想那麼多？

是真的沒想那麼多，還是根本不想談感情？怎麼跟阿號聊過之後，我反而更茫然了……

「但，茗寶，我還滿看好妳的。」

「看好我？為什麼？」

「我覺得，毓鵬好像慢慢變得不一樣了。」

「哪裡不一樣？」

阿號面露欣慰地道：「妳的出現，彷彿為他枯燥乏味的生活，增添了許多色彩。」

有嗎?這我倒是沒什麼自信……

「該不會是因為我穿著打扮都五顏六色的吧?」

阿號被我逗笑,態度更加肯定,「如果是妳的話,一定可以的。」

「為什麼?」我對阿號的話半信半疑,「你這算是旁觀者清?」

「總有一天妳會發現,牟毓鵬待妳,始終是不同的。」

♡

在月曆的格子內畫上好幾個大叉叉,我趴在書桌前,細數著牟毓鵬回來的日子。已經有七天沒見到他了,我每天都在期盼時間能過得快一點。

好想他。

就算牟毓鵬常對我毒舌、板著一張冷臉,就算他老是嘮叨我不愛乾淨、面露嫌棄,我還是很想念他。

那天,得知袁麗容不是牟毓鵬的前女友,而是親妹妹時,我心裡著實鬆了一口氣,但隨之而來的,是更多疑惑與心疼。

事情似乎沒有表面上那麼簡單,或許是阿號對我有所保留,抑或有連他也不知道的真相……

莊淑英分享的事情令我印象深刻，即便一切應該都只是巧合，但這幾天下來，我仍會忍不住去想，假設莊淑英口中的「兒子」就是牟毓鵬，那他這一路的成長過程，該有多辛苦、多難過？

而袁麗容的離世，是否就宛如生命中的曙光被驀然奪走了一般，才會讓他始終無法釋懷？

哎，口口聲聲說自己喜歡牟毓鵬，但當漸漸了解他的過去後，卻反而不曉得該如何是好？

要怎麼做，才能陪著他一起度過那些沉重的過去，給他一些安慰……

手機震了一下，跳出牟毓鵬的訊息：「妳沒有趁我不在，跑去店裡找阿號討免費咖啡喝吧？」

這陣子，我偶爾會傳LINE給牟毓鵬，聊一些雞毛蒜皮的小事，話題爛到連自己都唾棄，而他雖然很慢才已讀，又久久才回個幾句，但總比已讀不回或不讀不回的好，我很容易滿足的。

「我去了，而且阿號很慷慨的，哪像你。」

訊息才剛發出去，螢幕便突然冒出來電顯示，我猶豫了一會，接起：「姊夫。」

電話那頭傳來姊夫抱歉的聲音，「茗寶，不好意思，都這麼晚了，我有打擾到妳休息嗎？」

我瞄了一眼桌上的時鐘,晚上十一點半,笑回:「沒有,沒關係,我沒這麼早睡。」

姊夫簡單地和我寒暄幾句後,才切入撥打這通電話的目的,「有件事情,不曉得能不能麻煩妳……」

「姊夫請說,別跟我客氣。」

「晴晴她一直吵著說想找牛牛王子,她說是妳的朋友。」

「對,是我的朋友,那天我和他一起帶晴晴去兒童樂園。」想了一下,我補充:「託我拿蛋糕送給晴晴的也是他。」

姊夫難得好奇地問:「他是妳男朋友嗎?」

我很想說「是」,也很想說「未來會是」,但最後,還是很實際地說:「不是,他只是我的朋友。」

「真不好意思。」姊夫輕笑,「因為晴晴一直說牛牛王子對她很好,那天你們還被很多遊樂園的工作人員,誤認為是她爸爸媽媽的樣子,所以我以為……」

「哈哈,沒關係。」我很樂意被誤會,如果能成真的話更好,但現階段可能很難。

「茗寶,妳和那位朋友會願意再帶晴晴出去玩嗎?」姊夫終於說出重點。

「我當然很樂意,但我朋友的話……可能要問問。」

「好,那麻煩妳了,晴晴下週六、日的時間都可以,如果方便的話,再請妳提前告訴我可以帶她出去的時間,我好做安排。」

「好。」

姊姊和姊夫也分居一段時間了，這陣子他們的生活看似平靜，卻都沒聽見他們有可能復合的消息。

爸媽知道楊茗萱外遇的事情後氣個半死，家裡更是鬧得雞飛狗跳，尤其是老爸勃然大怒，覺得顏面掃地，對不起女婿、更沒臉見親家，差點氣到要和楊茗萱斷絕父女關係。

爸媽的頭低到不能再低，一連好幾天拽著楊茗萱去姊夫家道歉。

姊夫的父母雖然無法理解楊茗萱的行為，但畢竟兩個孩子還小，而且楊茗萱也算是個體貼懂事的好媳婦，所以秉持著勸和不勸離的想法，只要楊茗萱能從此忠於家庭，不再有二心，他們還是願意原諒，再給她一次機會。

不過一切當然還是得尊重並取決於姊夫的決定，若姊夫不肯，也沒辦法勉強。

可是我怎麼看，都不覺得姊夫像是有想原諒我姊的跡象……

「茗寶，謝謝妳，那我就不打擾妳了。」

我趁他掛電話前出聲：「姊夫，等等！」

「嗯？」

「呃，我……」

感覺出我的猶豫，他似乎猜到了什麼，「茗寶，如果妳有什麼想問的，就開口沒關係。」

既然他都這麼說了，那我也無須再彆扭，「你會願意原諒我姊嗎？」

那頭靜默了幾秒,傳出一聲嘆息,「茗寶,如果是妳,妳會原諒嗎?」話語間,不難聽出姊夫心情上的掙扎。

「我……很難。」兩個人之間已經破碎的信任,需要花多久時間,才能重新建立起來?對我來說,一旦有過被背叛的經驗,便無法再輕易接受對方,更不知道該如何再去愛。

姊夫無奈地道:「對吧?」

我輕咬下脣,無言以對。

「為了孩子,我曾經想過要原諒茗萱,但我愛她,是真的愛過她,所以……很難原諒她。」

有多愛,就會被傷得有多深。

我只是感慨,楊茗萱因為一段未經深思熟慮、衝動之下產生的婚外情,而失去一位愛自己的好丈夫,和一個幸福美滿的家庭,這樣的代價,未免太大,也太不值得了。

「好,我明白了。那你打算和我姊離婚嗎?」

「暫時不會。」頓了頓,姊夫保守地說:「其實,我現在還沒有下定決心,可能還需要更多的時間。」

「那宇哲和晴晴怎麼辦?」

「目前,一週我會讓他們去跟茗萱住三天,其餘四天會和我在一起。」

「暫時維持分居的意思嗎?」

「是啊。」

「這樣也好，先彼此冷靜一段時間吧……」我想，也沒有其他更好的方法了，總好過馬上簽字離婚。

後來，我和姊夫又聊了一些關於宇哲和晴晴的事情，和未來規畫，姊夫很好奇牛牛王子為什麼能對晴晴有這麼大的魅力，所以我分享了那天帶晴晴去兒童樂園的經過，結束通話時，已經是凌晨十二點多了。

我點開牟毓鵬最新傳來的LINE：「等我回去，再慢慢跟你們算。」

這個時間點，他想必是睡了，不過，我先傳訊息過去，等他醒來看到再回也不遲。

「牛牛王子，晴晴小公主說下禮拜六或日，想跟你約會。」

孰料，按生活習慣早該就寢的人，不僅讀取了訊息，還很快地回覆：「好。」

「你怎麼還沒睡？你不是都準時十二點睡覺的嗎？」

牟毓鵬：「要睡了，晚安。」

我抓住最後的一點時間問：「你什麼時候回來？」

「後天。」

他應該不可能當天一回來，就馬上進店裡工作吧，所以，最快也還要再等兩天才能見到他……

我看著聊天室裡的對話，無聲嘆息。

唉,真的好想他。

♡

「吼!茗寶姐,我們老大不在,妳就很不勤勞耶!」

一早,剛踏進咖啡店,見到我的芋泥便雙手叉腰,揚聲抗議。

「哪有?」

「明明就有,妳自己說說,都幾天沒來了!」

「也才三天。」好啦,我承認,自己確實因為牟毓鵬不在而缺乏動力,剛好最近還沒有要開稿,也不需要來此尋求小說靈感。

芋泥一副一切盡在不言中,埋怨我見色忘友的表情,「是已經三天了。」

我懶得繼續和他無意義地爭辯,逕自爬到吧檯座位和阿號打招呼。

阿號從蛋糕櫃內,拿出一款我沒看過的新品,推到桌前,「妳試試看這個。」

我審視了一下蛋糕外觀,接過他遞來的小叉子,不確定地開口:「這是……抹茶口味?」

阿號得意地一笑,糾正道:「是鐵觀音。」

「鐵觀音口味的蛋糕?真特別。」

我拿著叉子，直接從中間切開，裡頭鬆軟的蛋糕紋路，帶著鐵觀音茶葉磨成的細小粒末，入口時，鐵觀音獨特的香氣充滿味蕾，竄入鼻息，順口且帶有茶葉香的奶油夾層，讓人吃起來不會感到過於甜膩、有負擔。

「怎麼樣？」阿號望著我，神情充滿期待。

我用力點頭，「超級好吃。」這款蛋糕，直接刷新我心目中的甜點排名。

阿號樂不可支地笑開，「妳想喝什麼？」

「今天來杯熱拿鐵好了。」

「OK！」

趁阿號煮咖啡的時間，我瞧了一眼蛋糕櫃，眼尖地發現玻璃上面幾處沾有指紋，應該是小孩子來看蛋糕時留下的。

胖胖靠過來，學我彎低身體，觀望了一會後，問：「米寶姐，妳在看什麼呀？」

「胖胖，你去拿擦玻璃的噴霧來。」我頭也不回地朝他伸手。

「怎麼了？」

「你看。」我點出幾處沾有指紋的地方，「我來擦擦。」

胖胖訝異地合不攏嘴，「天啊，米寶姐！妳怎麼了？」

我側頭，「什麼我怎麼了？」

「這不是妳！」他表情浮誇地捂唇。

我皺眉,對於他的大驚小怪感到莫名其妙,「你幹麼啦!」

「妳以前不是都不在乎這些的嗎?」

我翻了個白眼,「就剛好看到啊,這有什麼好大驚小怪的?」

「是嗎?」他狐疑地瞅著我。

我回視,見他領口有一小塊汙漬,指道:「你那裡髒了,要不要去處理一下。」

胖胖再度露出不可置信的表情,「米寶姐,這也是妳以前都不會注意到的,妳真的變了!」

我撇唇,忍住想巴下去的衝動,「你到底想說什麼?」

「開始會注意細節是好事。」

我聞聲回頭,赫然發現牟毓鵬竟站在身後,而且距離好近,我心慌地踉蹌後退,「你、你怎麼——」

他似笑非笑地睨著我。

「你怎麼來了?」

「我不能來自己店裡嗎?」

我心跳漏了一拍,避開他的目光,「沒、沒有啊!」

也不過一個多禮拜沒見,這張應該早就看習慣的臉,怎麼變得更帥氣了。

牟毓鵬似乎心情挺好的,才會衝著我笑得那樣好看,但下一秒,他不改常態地故意惹怒我，「楊茗寶，妳好像胖了。」

見到久違的他的愉悅感瞬間歸零，我瞪大雙眼，抬手摸臉並掐了掐，「怎麼可能……」

牟毓鵬朝我彎身，正當我因爲他的靠近而害羞時，他驀地停下了動作，轉頭望向吧檯。

阿號似乎並不意外牟毓鵬今天會出現在店裡，招手道：「毓鵬，你過來看一下，這個磨豆機好像出了點問題。」

我坐回吧檯邊，看他們研究機器，從旁關心狀況。

「你看，有聽到運轉的聲音，卻沒看到磨豆盤在動。」阿號點出問題。

牟毓鵬檢查了一下機器，「應該是馬達沒有實際運轉，只有發出聲音的緣故，可能要換顆馬達試試看，不然就得直接送去維修了。」

「那我來打電話。」

「廚房應該還有備用的？」

「有。」阿號點頭，進去廚房找。

牟毓鵬關閉磨豆機的電源、拔掉插頭，瞥了我一眼，「楊茗寶，妳在發什麼呆？」

「一回來就馬上工作，你不累嗎？」

雖然今天就能看見他讓我很開心，但他出外參展那麼多天，舟車勞頓，難道都不需要先回家休息一下嗎？滿腦子心心念念的，都是這間咖啡店。

「誰說我是來工作的？」

牟毓鵬的回覆，出乎我意料，「那你來幹麼？」

他停下手邊的事，沒頭沒尾地對我說：「週六，十一點。」

我毫無頭緒地眨眼，「什麼？」

「妳不是說要帶晴晴出去？」

「喔，對！」我這才想起來，我們還沒約時間，「要去哪裡？」

「去看電影，好嗎？」

難道他都已經安排好行程了嗎？

「好……」對於小孩子，他總是特別用心。「你該不會是特地來告訴我的吧？」

「是。」他說。

我只是隨口一問，沒想到居然猜中了。

「不對啊，」我歪頭思考，「你怎麼知道我在店裡？你又沒問過我。」

「我猜的。」

「你少來。」我吐槽，篤定地說：「哪有這麼準的？你一定有偷問阿號。」

牟毓鵬不置可否地叮囑，「週六記得別遲到。」

「我盡量。」

他不滿意我的回應，瞇起雙眼，警告意味十足。

我一臉無辜，「我還要先去帶晴晴呢！你知道帶著小孩，隨時都有可能遇到突發狀況，時間本來就很難說得準。」

「誰說的？」

「……我說的。」見他皺眉，我急忙改口，「好啦，知道了！我會準時，不遲到。」就怕他反悔不去了。

牟毓鵬這才滿意地點了下頭，在準備去忙之前，不忘道：「喔、對了，楊茗寶，妳剛剛猜錯了。」

「嗯？」我愣愣地挑眉。

「是芋泥。」他公布答案，笑得迷人又討厭。

第九杯　假如，那天

不是所有問題都有標準答案，就像我不知道，是從什麼時候喜歡上他的。或許是從那天，我走進店裡，他說的第一句：「歡迎光臨。」

結果今天，我還是遲到了，但跟晴晴的動作慢無關，是我太晚才去接她。

雖然要帶著一顆小電燈泡，但換個角度想，這也算是我和牟毓鵬告白之後，首次一同出遊，總得好好打扮。

衣櫥被我翻箱倒櫃了一遍，因為挑選穿搭超出預留的時間，導致後面一連串的延遲。

等我牽著晴晴出現在約定的地點，已經快十一點半。

我想，若非看在晴晴的份上，牟毓鵬應該早就走人了……

牟毓鵬盯著我的穿著，沉默了一下後說：「妳遲到了將近半小時。」

他的反應令我感到十分緊張，我輕抿著唇，低頭迅速地審視自己一遍。

我上半身穿了白色開襟雪紡襯衫，內搭淺灰色小可愛，下襬紮進裸粉色A字長裙，搭配駝色低跟涼鞋。

這身有別於以往風格的穿搭，是我為了牟毓鵬改變的成果。

晴晴鬆開我的手，跑去牽住她朝思暮想的牛牛王子，「晴晴想你。」

牟毓鵬招架不住小女孩的甜言蜜語，當場被融化，神情溫柔地道：「我們走吧。」

他移開視線，對於我的穿著未下任何評論，逕自牽著晴晴往前走，留我獨自跟在後頭。

我不甘心被忽視，追上去問：「我們要去哪裡？」

「先去吃飯，我訂了餐廳，就在前面。」

那是一間裝潢簡約、充滿文藝氣息的輕食餐廳，剛進門，一位酒紅色長髮及肩，皮膚白皙、五官秀麗的美女，眉開眼笑地向我們走了過來。

「不好意思，遲到了。」牟毓鵬說。

美女擺了擺手，熱絡地開口：「沒關係，人來了就好。」

餐廳十分忙碌，座無虛席，她領著我們至一處靠窗、較為安靜的位子。我默默地觀察他們兩人的互動與交談，似乎很熟識。

後來透過牟毓鵬的簡短介紹，才大略得知，美女名為周子如，是這間最近在網路上爆紅，主打輕食料理的餐廳老闆。她為我們推薦了幾道招牌，我和牟毓鵬都點了一樣的早午餐，晴晴則是兒童套餐。

周子如親自送來晴晴的餐點時，牟毓鵬正好去洗手間，她笑容親切，說的話卻別有深意：「這還是我第一次看見毓鵬帶著女人來用餐。」

我禮貌回以微笑，顧左右而言他：「餐廳的生意真好，東西一定很好吃。」

「謝謝。」她並不介意我迴避話題,眉眼彎彎地瞥了晴晴一眼,稱讚道:「小妹妹長得好可愛。」

「她是我姊姊的女兒。」我輕拍晴晴的肩膀,「晴晴,妳要跟阿姨打招呼啊。」

晴晴正捲著衛生紙在做毛毛蟲,聞言,抬頭燦笑,「阿姨好。」

周子如摸摸她的頭,接著重新將目光移回我身上,不再兜圈子地直言:「我想,毓鵬一定很喜歡妳。」

「沒有。」我在心裡一嘆,大方地據實以告,「之前我向他告白,他並沒有接受。」

「他這個人就是心思太過內斂了,但許多事情,只要妳用心觀察,都有跡可循的。」周子如雙手撐在桌沿,朝我眨了眨眼,見牟毓鵬回來,態度自然地轉移話題,「你們的餐點要再等一下,這裡有附刀子,如果小孩子吃漢堡不方便,可以用切的。」

「好,謝謝。」牟毓鵬入座,執起餐具,開始動手幫晴晴把漢堡切塊。

我悶了好一會,終於忍不住問:「你和周子如是怎麼認識的?」

牟毓鵬起先沒答腔,等到服務生陸續上完我們的餐點,才說:「她是我的高中同學。」

「你身邊是不是不缺美女?」我有點不是滋味。

「除了她,妳還看過誰?」

「還有那些跟你告白的。」

「如果妳要這樣算,我也沒辦法。」

他就不能哄哄我嗎？我賭氣，乾脆不說話了。

晴晴拿著兒童專用的安全叉子，想趁大人不注意時，把盤中的胡蘿蔔撥到旁邊，卻被牟毓鵬逮個正著，「晴晴，不可以挑食。」

晴晴瞪著骨碌碌的大眼，噘起嘴，一邊撒嬌一邊拖我下水，指著盤中同樣被我挑掉的胡蘿蔔說：「姨姨也沒有吃。」

牟毓鵬的視線移了過來，「楊茗寶，妳也不吃胡蘿蔔嗎？」

我乾笑兩聲，搖頭，「不吃。」

「如果姨姨吃，晴晴也會吃嗎？」牟毓鵬好聲好氣地問。

晴晴扁嘴向我求救，似乎是希望我別臨陣倒戈，這樣她就可以不用吃胡蘿蔔了。

所以，我很有義氣地開口：「我真的不愛吃胡蘿蔔。」

牟毓鵬置若罔聞，繼續對晴晴好言相勸，「晴晴，姨姨沒吃胡蘿蔔不乖，但妳是好孩子，不可以挑食。」

「鼻要！」晴晴兩手在胸前比個大叉叉，勇敢向不愛吃的東西說不。

我在一旁竊笑，某人拿晴晴沒轍的樣子實在很逗。

但得意不久，牟毓鵬就叉著胡蘿蔔送到我嘴邊，要我以身作則，「楊茗寶，吃下去。」

我斂住笑，愣愣地搖頭，忽然感到害羞。他這是在餵我吃東西嗎？

「快點。」牟毓鵬催促。

我皺了皺鼻子,試圖反抗,「我不要吃。」

「妳要給晴晴做壞榜樣?」

我跟晴晴是同一陣線的!

牟毓鵬臉上揚起微笑,溫柔得可怕,「妳是不愛吃,又不是不能吃。」

我只堅持幾秒就棄械投降了,不甘願地乖乖張口咬下。

他滿意地點頭,再又一塊切丁的給晴晴,「姨姨吃了,晴晴也要吃。」

晴晴哀怨地瞅了我一眼,委屈地張開小嘴,邊吃邊用眼神抗議。

周子如端來兩杯招待的水果冰茶,笑容曖昧地揶揄:「你們還真像一家人。」

牟毓鵬抬眼,「妳不忙嗎?」

周子如笑吟吟地回:「忙啊。你沒看到店外候位的排隊人龍嗎?」

「那妳還有時間在這裡廢話?」

「有人被我看穿嘍……」周子如意有所指地說完,笑著問:「如何?東西好吃嗎?還滿意嗎?」

「好、好吃。」但我怎麼突然有種食不下嚥的感覺……

受到肯定,周子如熱情地道:「太好了,那以後歡迎常來喲。」話落,她一手搭上牟毓鵬的肩膀拍了拍,俯身像要和他說悄悄話,實則用我聽得見的音量道:「喂,你喜不喜歡人家,自己不知道嗎?」

她這一問，害我頓時不知所措。

反倒是牟毓鵬依舊神色自若地開口：「我看短期內，不適合再來捧場了。」

周子如聳肩，一副無所謂的模樣，「的確，有可能會訂不到位。」

我不敢和他們對眼，也不宜參與話題，只好陪晴晴一起玩紙巾。

他們又聊了一會，周子如才在值班經理的呼喊下離去。

等用餐得差不多，我問：「牟毓鵬，我們接下來要去哪裡？」

「去看電影，我已經買好票了。」

「看什麼？」

「《龍貓》。」

吉卜力重返大螢幕的首部作品？

「你買幾點的？」我問。

「一點五十，吃完過去剛好。」

電影院就在附近，我們抵達換餐處時才一點半，尚有充足的時間，牟毓鵬讓我們待在一旁等他去換餐回來。

我滿訝異他會購買電影套餐，還以為他看電影是不吃東西的。

趁牟毓鵬不在，我牽著晴晴的小手，猶豫了片刻，開口：「晴晴，姨姨問妳喔……」

她抬起小臉看我。

「晴晴以後長大,真的要當牛牛王子的新娘嗎?」

小公主未經思考地點頭,「嗯、嗯!」

我試探性地問:「可是……如果姨姨也想當牛牛王子的新娘怎麼辦?」

「姨姨也喜歡牛牛王子嗎?」

「是啊!」

她睜圓大眼,再次向我確認,「很喜歡、很喜歡嗎?」

「對啊,姨姨也很喜歡牛牛王子。」

晴晴擠眉弄眼地發出稚嫩低吟,彷彿遇到什麼難題似的,讓我有些哭笑不得。其實根本沒有什麼讓不讓的問題,小傢伙居然還認真煩惱了……

過了好一會,她才鬆口、爽快地點頭:「好吧,那就讓給姨姨吧。」

「妳要讓給我?真的嗎?」我還以為她會再稍微堅持一下。

「嗯!」小腦袋瓜用力點了兩下。

「為什麼?」攸關她童話故事裡的王子,她卻這樣就妥協了,我擔心她以後談起戀愛會吃虧。

晴晴仰高天真無邪的小臉,燦爛地笑著對我說:「因為晴晴也很喜歡姨姨啊!」

我低頭瞅著她,內心湧出一股暖暖的感動。

「謝謝晴晴。」我摸摸她的頭,將她拉近自己,「晴晴以後,一定會找到一個比牛牛王子更帥、更好的王子。」

她抱著我的腿，開心地呵呵笑，一手指向捧著爆米花和兩杯飲料走來的牟毓鵬，「姨姨，牛牛王子回來了！」

我從牟毓鵬手裡接過其中一杯，「想不到你竟然會買飲料和爆米花。」

「我不吃爆米花。」他說。

「那你還買？」

「妳不是喜歡吃嗎？」牟毓鵬理所當然地回話，邊確認電影票上註明的撥放場廳。

他怎麼知道我喜歡吃爆米花？我不記得有跟他說過啊？只有一次在咖啡店裡，跟胖胖聊天時無意間提起……難道他聽見了？

我望著牟毓鵬的背影，想起周子如說的話，嘴角漾出一抹甜笑。

「他這個人就是心思太過內斂了，但許多事情，只要妳用心觀察，都有跡可循的。」

有可能嗎？牟毓鵬其實是喜歡我的……

小型電影廳內，我們的座位剛好在正中央、視野極佳的區域，晴晴坐在我們中間，興奮地不斷說話，直到電影開始才安靜下來。

《龍貓》是一部適合闔家觀賞的經典日本動畫電影，人物角色性格鮮明，從主要出場的幾隻龍貓、貓巴士到灰塵精靈，都畫得十分逗趣可愛；劇情內容安排細膩，充滿歡笑與淚水，就連大人們也會看得很入迷。

晴晴抓著我們一人一隻手放在自己腿上，專注地盯著前方大螢幕，我和牟毓鵬的手離得好近，甚至可以感覺到他指尖的溫度。後來，我調整姿勢時，稍微挪動了一下，手指不小心碰觸到他的，但他沒有閃避。

不久，忽然感到手背一熱，他的掌心無預警地覆蓋上來，如同告白那天，他也是這樣握著我的手。

我害羞地側頭偷瞄，只見他面向前方專注地在看電影，我暗自希望，這令人怦然心動的甜蜜時刻，永遠都不要結束。

電影散場後，晴晴深中龍貓的毒，吵著要買龍貓娃娃。我們帶她去百貨公司的玩具店，剛好找到最後一隻，牟毓鵬二話不說就買了。

後來，我們又在兒童區的樓層逗留了一陣子，直到晴晴玩累打起瞌睡，才搭計程車送她去和姊夫會合。

回程走往捷運站的途中，我對牟毓鵬說：「謝謝你，晴晴玩得很開心。」帶孩子出遊十分累人，他卻比我預期的還要有耐心，且凡事周到。

牟毓鵬點點頭，瞥了我一眼，突然問：「楊茗寶，妳今天為什麼穿這樣？」

「不好看嗎？」我還以為他不打算關心這件事了。

他看穿我心思，平靜地直言，「妳不需要為我改變。」

我失落地低下頭，「有這麼難看嗎？」

「維持原本的樣子就好。」他頓了頓，繼續說：「而且，妳不是說不會為我改變嗎？」

「但你又不喜歡我的穿衣風格……」

「妳希望我喜歡的是原本的妳，還是改變過的妳？」

「這些是重點嗎？重點是你喜不喜歡我啊！」

我也想維持原本的樣子，但比起那些，我更在意他會不會喜歡我這件事情。

牟毓鵬迴避問題，「妳做自己就好了。」

「我做自己，你就會喜歡我了嗎？」

他淡淡地望向我，「楊茗寶，我們之間，真的只要有『喜歡』就夠了嗎？」

「沒有『喜歡』的話，怎麼開始？」

我們像在玩文字遊戲，你一言、我一語，迂迴了半天，最後誰也沒有得到想聽的答案。牟毓鵬垂下眼沉思半晌，改口道：「明天，妳想不想去看畫展？」

所以，剛才的話題，又要不了了之地結束這一回合了……

我深呼吸、吐氣，緩下情緒，擠出一絲笑容，「你這是在約我出去，要跟我約會的意思嗎？」

「不願意就算了。」

牟毓鵬掉頭要走，我連忙拉住他，「喂，你根本就是在欺負我！」

他忽然轉身，臉上出現前所未有的淘氣笑容，「欺負妳又怎麼樣？」

我愣愣地看著眼前的牟毓鵬失了神。

明明上一秒,我們還在爭論事情而差點起爭執,下一刻,他卻能將那些存在於我們之間的問題拋諸腦後,逗得我不知到底該拿他怎麼辦才好。

我竟如此徹底地敗給這個男人……

牟毓鵬敲了一下我的額頭,「傻了?」

我輕咳一聲,收斂思緒問:「你現在都不用待在店裡嗎?」今天跟我和晴晴出來玩一整天,明天還約我去看畫展?

「阿號建議我該放假、好好休息幾天,我正在認真考慮這件事。」

我得寸進尺地問:「那明天我們可以整天在一起嗎?」

「看情況。」

「看什麼情況?」

他淡笑不語。

我感覺他似乎又在故意逗我了,但我很知足的,只要他沒直接否定,都當有機會。

「要!我要去!」

其實我沒什麼藝術慧根,畫展或藝術展的那些展出作品,對我而言就只是很美很厲害的大神之作而已。反正去看什麼並不是重點,重點是可以跟牟毓鵬在一起。

「那明天下午三點,我們在咖啡店的巷口轉角碰面,請妳準時。」

「如果我遲到你會等我嗎？」

牟毓鵬斬釘截鐵，「不會。」

「可是你今天有等我。」

「那是因為有晴晴。」

「你對我很小氣耶！」

「我不想縱容妳遲到的壞習慣。」話雖如此，但他眼角的笑意卻更深了。

這一刻，周圍彷彿冒出了許多粉紅泡泡，而我們現在這樣的關係——剛剛好。

♡

下午一點半，我接到阿楠的電話，說之前提供的故事章節裡，有些內容需要調整，想和我討論。我們花了一些時間集思廣益，透過分析幾名主要角色的內心轉折，和劇情的邏輯脈絡，總結出修改的大致方向，阿楠怕我忘記，貼心地說會將重點整理好再寄給我。

待公事談完，我順便關心了一下阿楠的私事。

她說最近在朋友的極力邀請下，參加了幾場婚友社舉辦的聯誼活動，認識不少男生，但後續有在頻繁聯絡的只有兩個。

我問她那兩個之中，對誰比較有好感？

電話那頭只傳來她笑而不答、模稜兩可的回應。

聊著聊著,我一時忘記三點和牟毓鵬有約,等驚覺時,已經快遲到了。

我出門、著急地攔下計程車,向司機報完地址後,連聲拜託道:「大哥麻煩你開快點,我趕時間。」

司機大哥透過後視鏡看了我一眼,「妹妹,妳趕著去約會吼?」

「這樣都能看得出來?」有這麼明顯嗎?

司機大哥哈哈大笑,「男朋友很嚴格喔?」

我暗自開心,順著接話,「也沒有啦,他只是不喜歡我遲到。」

「你們是約幾點?」

「三點。」

「那快了耶!」

「所以才要拜託大哥開快一點啊!」我的心情七上八下,很怕遲到被放鴿子。

司機大哥拍胸補保證,「妳放心,我會安全地盡快把妳送到男朋友身邊的啦!」

即使一路上都很幸運沒遇到什麼紅燈,但我仍然擔心牟毓鵬會生氣,點開LINE,正想發訊息知會他一聲,結果準時三點一到,他就先傳來了訊息:「妳在哪裡?」

「我快到了啦!」

牟毓鵬:「楊茗寶,妳又遲到。」

我能想像，他皺著眉頭，讀取訊息的樣子。隔著手機螢幕，都能感覺到他的無奈。

「對不起嘛！我真的快到了。」

牟毓鵬：「再給妳三分鐘。」

「唉唷，你一定要把我逼得這麼緊嗎？」

牟毓鵬：「妳在哪裡？捷運上？」

「計程車上。」

與此同時，司機大哥很開心地宣布：「到了唷！」

我掏出皮包，急著付錢下車，深怕牟毓鵬已經走人，卻瞧見不遠處，他站在騎樓下低頭用著手機。我沒有立刻叫他，只是站在原地，隔著川流不息的人潮，默默地注視著這好看的一幕。

牟毓鵬將俐落的前額短髮稍微往上梳，露出立體的五官，淺色牛仔襯衫，雙邊袖子捲至手肘，搭配卡其色長褲和休閒鞋，原來他的衣櫃裡，並非都掛著同樣款式的衣褲。

他並沒有離開，耐心地等待我的出現。

我順了順呼吸，正想開口叫他，然而他驀地抬頭，發現了我。

「我以為你要走了。」我與他隔空相望。

與此同時，握著的手機震動了一下，螢幕上亮起剛收到的訊息：「我等妳。」

我心頭暖呼呼地再度回望，捕捉到牟毓鵬臉上的溫柔神情，見他挪動腳步，緩緩走到我的面前。

這一刻，我傻氣地笑了……

天啊！我真的好喜歡這個男人。

可惜，怦然心動的浪漫場景不過三分鐘，牟毓鵬便得理不饒人地開口：「楊茗寶，遲到是妳的日常嗎？」

「你不是說要我勇敢做自己嗎？」

「不好的習慣還是改改吧，遲到是在浪費別人的人生。」他話語中盡是嫌棄，但那雙漆黑的瞳仁，卻閃爍著如星辰般的光芒，「我們走吧。」

自從喜歡上牟毓鵬，每回和他獨處，都會讓我有點緊張害羞。

我跟在他身邊，一連發問：「畫展在哪兒？我們要怎麼去？搭捷運？公車？計程車？那個畫展的主題是什麼？」

他停下步伐，側頭問道：「妳在緊張嗎？」

「哪有！」我迅速地否認。

牟毓鵬看出我的嘴硬，心情明顯更加愉快了。「跟我約會，妳是應該緊張沒錯。」

他今天怎麼特別愛笑，還笑得如此好看，真想拿手機拍下來。

「所以，我們今天，真的是在約會？」

他沒否認，那就是承認了。逕自解讀後，我低頭偷笑，心裡美滋滋的。

「是關於靈獸的畫展，地點在白石畫廊。我開車，就停在附近而已。」牟毓鵬回覆我之前的問題。

「你平時不是都搭捷運嗎？」

「是啊，但我也很久沒開車了。」

我們走到他停車的地方，牟毓鵬打開副駕駛座的門，先讓我上車後，才繞至另一端坐進駕駛位。

車內密閉的空間，讓我更緊張了，臉頰逐漸升溫。

我壓下內心的躁動，吁出口氣，發現牟毓鵬正注視著我，一時間結巴地問：「怎、怎、怎麼了？」

「妳要繫安全帶。」

他那帥氣的笑容幾乎要把我逼瘋，「你別一直對著我笑啦！」我嬌嗔地拉過安全帶，因為太緊張，卡了兩次才繫上。

以前就只會恥笑我、嘲諷我的這個男人，很少會展現他迷人的一面，然而現在，卻時常令我陷入他的魅力之中。

偷瞄幾眼牟毓鵬俊逸的側臉，我努力地克制自己不要顯得太花痴。

偶爾停紅燈的時候，牟毓鵬會往我這邊看，但我實在太害羞了，只好假裝看向窗外。

我都幾歲了，又不是沒談過戀愛，怎麼會像個情竇初開的小女生一樣？

「妳今天的打扮變回原本的樣子了。」

昨天那套衣服,是為了他才從衣櫃深處翻出來的,被潑冷水後,我就全扔了。

「這樣很好。」牟毓鵬輕聲道:「做妳自己就好了。」

這已經是他第二次這麼對我說——不要刻意為他改變,做自己就好了。

那如果,他能喜歡這樣的我,該有多好?

即使性格天差地遠,也能因為打從心底接受對方與自己的不同,彼此真心相愛、互相欣賞,是件多麼美好的事……

「妳在想什麼?」

我抬手遮臉,「專心開車啦。」

「現在紅燈。」

「等等就綠燈了。」

牟毓鵬的指尖點了點手握的方向盤,靜默片刻,他揶揄地開口:「楊茗寶,妳不是喜歡我嗎?怎麼不趁機看個夠?」

這傢伙本來就這麼厚顏無恥嗎?

我氣不過地猛然轉頭,張嘴想反駁,結果一對上他的笑容,就投降了。

可惡,笑得這麼好看做什麼?

我輕嘆,腦中迅速竄過許多念頭,卻又因沒有勇氣打消作罷。

趁現在天時地利人和，我很想再跟他告白一次，但我預測不了他的答覆，更不想破壞現在美好的曖昧氛圍。

牟毓鵬熟練地單手開車，右手則擱置在腿上，我偷覷了幾眼，確認過大概的位置後，輕咬下唇，鼓起勇氣，微微顫抖地探出手，胡亂地朝目標摸索。

我現在的姿勢肯定蠢斃了……

一道溫暖厚實的大掌，瞬間包裹住我的手，牟毓鵬充滿磁性的嗓音也隨之響起，「楊茗寶，妳在幹麼？」還來不及享受片刻悸動，那讓人眷戀的溫度便消失了。他鬆開手，清了清喉嚨道：「到了。」

我無「顏」以對地把頭低到不能再低，聽見他率先下車、關門的聲音，不久，副駕駛座的門被拉開，「妳不下車嗎？」

我緩慢地解開安全帶下車，仍然不敢看他，也不曉得該說些什麼。

「楊茗寶，妳真是有色無膽。」

牟毓鵬的話令我更加無地自容，巴不得背上長殼，能夠直接躲進去。

就在我思考著該怎麼給自己找台階下之際，他快一步地牽住我的手，泰然自若地說：「我們走吧。」

我錯愕抬頭，對上他深邃的雙眼，那裡有著前所未見的溫柔。

我們牽著彼此的手,並肩走過十字街頭,抵達目的地白石畫廊。

層層堆疊而上的淺褐色拼接檜木材板,環繞著窗明几淨的玻璃門入口,內外兼具日式空間美學的建築設計,透過水平陣列與角度變化,營造出豐富的視覺體驗。

即便我不懂藝術,也忍不住愛上這個風格別緻,具有獨特清雅韻味的地方。

以繪製靈獸而享譽國際的藝術家個展,具有大量的守護獸創作,繪師擅長利用繽紛色調與奇幻畫面,展現令人驚豔的藝術美學。

展廳出入口有一大面液晶螢幕電視,不停撥放、介紹有關創作起源及作品展出等歷程;再更往內部走去,那一幅幅色彩鮮豔且充滿生命力的靈獸創作,徹底吸引我的注意,直到——牟毓鵬毫無預警地鬆開牽著我的手。

我順著他的視線望去,人群之中,有一名中性裝扮,蓄著一頭俐落短髮的女子,正與他隔空相對。

幾秒鐘後,女子拄著拐杖,緩慢地朝我們走來。

「學長。」

牟毓鵬的臉上瞬間籠罩一層陰鬱,而那雙深不見底的眼眸,隱約透出冰冷的氣息。

他眉頭緊鎖,背於身後的手悄悄握起,我可以感覺到此刻的他,似乎正努力壓抑著自己。

我從未見過他這副模樣。

這個女人是誰？竟能讓一向情緒內斂的牟毓鵬有如此大的反應……

「好久不見。」

招呼聲落下後，緊接而來的，是窒息般的沉默。

他們互相僵持著，就連周圍看展的人也不敢貿然地靠近，面對這般突如其來的狀況，無法得知牟毓鵬心中想法的我，不免感到擔憂與慌張。

半晌，牟毓鵬開口：「我想我們沒必要再見。」言詞犀利且無情。

「你還是不肯原諒我，對嗎？」

「對於無須再見的人，何來的原諒？」

女子驀地眼眶泛紅，聲調沙啞地道歉：「對不起，我真的很後悔……」

我還來不及瞭解狀況，就聽見牟毓鵬不帶一絲溫度地說：「那妳為什麼還活著？為什麼不去死？」

女子神情哀傷地流下眼淚，她緊握支撐身體的拐杖把手，「學長——」

牟毓鵬不給她任何機會，殘酷地打斷道：「我不想再見到妳。」

「要怎麼樣你才肯原諒我？」女子情緒激動地開口，「要怎樣你才肯讓我見見她？」

「妳有什麼資格再見她？」牟毓鵬寒著一張臉。

「那你呢？難道你就一點錯也沒有嗎？」她哭著控訴：「如果你能早點說出你們的關係，我也不至於那樣，那場意外就更不會發生！」

似乎被女子抨擊到了痛處,牟毓鵬低吼:「蘇子樂,在這世界上,有些事情是比妳的感情、比妳的心情還重要的!」

他的氣話與蘇子樂的哭聲,引來了旁人的關注。

「對於那場意外,我的確難辭其咎,若是我能早點表明自己的身分,或許這一切就真的不會發生了。但當年我也有自己的苦衷,我也很痛苦……」他面色沉痛地閉了下眼,「這種感覺,是連麗容都無法好好保護的妳,根本不會懂的。」

蘇子樂拉住話落不久,便轉身要走的牟毓鵬,而我發現她著急地想下跪認錯的舉動,趕緊攔阻,「蘇小姐,妳別這樣。」

隨著圍觀群眾越來越多,牟毓鵬的表情越發難看。

「我知道錯了,學長。」蘇子樂哽咽地說,「但那真的只是一場意外,我並沒有想要害死麗容,請你相信我……」

牟毓鵬撇頭,「別再說了。」

「學長,我拜託你——」

他揮開蘇子樂伸過去的手,直接轉身往門口大步離去。

我左右為難地望了一眼那道決絕的背影,從包內抽出幾張面紙,塞入蘇子樂手中,「妳保重。」匆忙抛下這句話後,立即追了出去。

「牟毓鵬,你等等!」跑了一小段路,我氣喘吁吁地喊住他,「你為什麼把我丟在那裡?」

牟毓鵬站在車前，不發一語。

「你到底怎麼了？」我從未見過他如此失控，「剛剛那女生是誰？我聽她喊你學長——」

「那不關妳的事。」

這句話，彷彿立刻在我們之間，鑿出了一道無法跨越的鴻溝。

儘管因他的話感到十分受傷，我仍然力持著最後一絲鎮定開口：「牟毓鵬，你能不能別把我推拒在心門之外？」

他低垂眉眼，默然無語，雖未表明態度，卻已足夠令我燃起情緒。

於是，我憑著蘇子樂的片面之詞，按捺不住地道：「事情都過去那麼久了，你有必要這樣嗎？當初那場車禍，我想她也不是故意的——」

「妳懂什麼？」牟毓鵬出言打斷，他繃緊面容，再也沉不住氣地對我發怒，「妳根本就不懂！」

「是，我是不懂，那你要告訴我嗎？」

「沒什麼好說的。」

我徹底被他的態度給激怒，口無遮攔地說：「難道你和麗容之間，還有什麼不可告人的事情嗎？」

「楊茗寶，妳夠了！」

我倏地噤聲，緊咬下唇，眼淚不爭氣地模糊了視線，我在內心反覆告訴自己絕對不能落淚,哭於事無補,而且只會讓他覺得更心煩。

我反覆地做了幾遍深呼吸,待情緒稍微穩定,才緩緩開口:「對不起,是我雞婆了。」是我自以為是了,以為最近我們親密了許多,他會願意向我更敞開一些……

牟毓鵬抿唇,視線輕掃我的臉龐,那雙深沉的眼底,隱隱閃動著悲傷,一會,他輕嘆,「上車吧,我送妳回去。」

回程途中,牟毓鵬除了詢問我家地址,再無隻字片語。

我們之間的距離,彷彿一下子就被那場意外插曲,拉得好遠好遠。

我緊捏著包包提把,內心不斷在翻騰,心知肚明只要是他不想說的,再多問也是枉然。

十五分鐘的路程、十五分鐘的掙扎,當牟毓鵬將車輛駛進巷弄,暫停在一幢公寓門前,我既覺得鬆了一口氣,又感到失落。

他神態略顯疲倦,輕聲道:「上去吧。」

我手握車門把,欲言又止,最後只簡單地問:「你……還好嗎?」

「我沒事。」

「對不起,我不該在尚未釐清事情前,就說出那些話的。」

牟毓鵬無聲地點頭,算是接受我的道歉,卻未再多言。

我掙扎片刻,下車後又折回,衝動地張開雙臂擁抱他,默默在心中倒數五秒才放手離開,直至走進公寓、關上大門,都沒有勇氣再回頭多看他一眼。

「楊茗寶，妳一定是瘋了。」

我倒進床鋪以枕頭遮面，恨不得把自己悶死算了。

堵在胸口的那股患得患失，逐漸發酵成不安。

他是不是討厭我了？我是不是不該纏著他追問的？

各種千頭萬緒讓我害怕極了。我害怕會失去牟毓鵬的溫柔，怕好不容易親近的兩顆心又再度疏離，深怕一切都會回到原點……

♡

我已經快一個禮拜沒踏進「有間咖啡店」了。

杜詩詩打來關心我的寫作近況，順邊推薦幾部近期在看的美劇時，發現我心不在焉，聲音聽起來有氣無力，便問：「妳怎麼了？」

「沒事。」

「只要是和牟毓鵬有關，都不會沒事。」杜詩詩根本是我肚子裡面的蛔蟲，「怎麼了？說吧。」

我起先不肯講，但她堅持，並威脅我道：「妳不說清楚，我就要掛電話了。」

悶悶不樂、彆扭了一會，我才將那天在畫廊發生的事情經過告訴她。

聽完,杜詩詩很不給面子地分析,「妳現在就是鴕鳥心態吧?不敢面對牟毓鵬?」

「我承認。」

「但妳在牟毓鵬面前口無遮攔,又不是第一次。」

「我只是覺得,他有點無情……」那女生都要當場下跪了,牟毓鵬仍然毫不領情,而且她的腳還帶有殘疾。

「妳又不曉得前因後果,這麼說有點武斷了吧?」

「所以我才氣自己啊!」明知道袁麗容的事情,是牟毓鵬不肯被外人輕易碰觸的話題,更何況,那名叫蘇子樂的女生,很顯然就是造成當年整起車禍的關鍵人物。

牟毓鵬在猝不及防的情況下,與害死妹妹的人巧遇,心情會大受影響也是在所難免,我又怎麼能在那個當下,說出很像在為對方辯駁的話呢?

杜詩詩輕嘆,「妳離開前,不是給他一個擁抱了嗎?感覺挺勇敢的啊。怎麼現在反倒像一隻縮頭烏龜般躲起來了?」

「抱是抱了,但我又沒膽看牟毓鵬的表情,也不曉得他心裡究竟是怎麼想的。再說了,我已經那麼多天沒去咖啡店,他都沒打電話或是傳LINE關心我,這也是讓我裹足不前,變得越來越膽怯的原因之一。」

「那妳打算怎麼辦?」

我任性消極地說:「不怎麼辦。」

「要放棄他嗎？」

「不要。」

「那妳怕什麼？」

「我怕他對我，又會變回以前的樣子。」

「不至於吧？我覺得應該是妳想太多了。」

「喜歡一個人，本來就會患得患失的……」我覺得她是因為身為旁觀者，才會把事情想得太簡單了！

「妳擔心那天鬧僵，牟毓鵬會對妳冷淡，但妳就不怕這麼多天沒去找他、沒和他聯絡，會變得生疏嗎？」

「怕啊。」所以我和芋泥、胖胖私創了一個群組，每天追蹤牟毓鵬的狀況，還拜託他們偷拍幾張牟毓鵬的照片給我，解解相思之情。

「真是敗給妳了。」

「我也快被自己打敗了，都快變得不像自己了……」

只不過是喜歡上一個有點難搞的人，為什麼就好像缺乏戀愛經驗一樣，成天為一些小事感到扭扭捏捏、戰戰兢兢。

「可是即便如此，仍然甘之如飴。」杜詩詩笑道：「愛情啊，真是折磨人的東西。」

我哀怨地開口：「這都還沒開始談呢，就已經先被折磨了。」

「確實是挺折磨的。我記得不久前,才聽妳說袁麗容其實是牟毓鵬的妹妹,和他大致有可能經歷過的家庭狀況,那時,我們還在討論該怎麼安慰牟毓鵬比較好。現在,若真如妳所說的,關係會變那麼僵的話,感覺只差沒有砍掉重練了。」

我欲哭無淚,長嘆了一口氣。

「哎呦,想那麼多也沒用,我勸妳還是老老實實去找他好好談談吧。」杜詩詩建議。

「坦白說,我也滿怕去找他談的……」既想知道,又在仔細思忖過後感到卻步,這份猶豫的心情,令我至今都拿不定主意。

「楊茗寶,妳到底哪來那麼多想法?這樣會不會活得太辛苦了一點!」

我完全可以想像,杜詩詩在電話另一端翻白眼的模樣,因為就連我,都要被自己那一堆矛盾的想法給煩死了。

我懊惱地把臉埋進枕頭堆裡哀號。

杜詩詩哇了一聲,似乎被我嚇到了。「妳幹麼鬼叫?」

等發洩完情緒,我慢慢從床上爬坐起來,躊躇著該怎麼告訴她,這幾天心裡產生的荒謬想法。

「我擔心……牟毓鵬對袁麗容,會不會有著兄妹以外的感情……」

♡

我透過芋泥的情報得知，牟毓鵬今天會在店打烊後，留下來試用一台新進的蒸餾咖啡機。

站在門口蘑菇了半天，望著吧檯處那抹熟悉的身影，我發現自己遠比想像中的更思念牟毓鵬。

直到被他敏銳地察覺，我才在那雙柔和平靜的目光中，鼓起勇氣推門而入。

「妳來了。」

還以為他的第一句話會是：「我們打烊了。」

不過，這樣的開頭，比預期中要好得多，讓我能稍微寬心一些。

為免他懷疑，我故意地問：「你怎麼還在？」

「店裡新進了一台蒸餾咖啡機，我在做測試。」牟毓鵬拿起布巾擦拭雙手，省去開場白地道：「消失了幾天，妳不是在躲我嗎？」

我怎麼忘了，他是牟毓鵬，最擅長的便是不讓我好過。而我絕對是有抖M體質，才會喜歡上他。

「我……」

見我遲遲答不出話，他微微地勾唇，「忽然過來，是因為想通了？」

我懊惱地皺眉，「你就不能讓我一下嗎？」

他不置可否，端出一杯黑咖啡問：「喝嗎？」

我默默地接過，一口氣喝了一半。

「妳很渴？」

我搖搖頭。

其實我今天來，是抱持著想要徹底了解他過去的決心，雖然不是很確定，他是否願意分享……

昨天在電話中，聽完我的疑慮，杜詩詩說：「無論妳懷疑什麼，既然喜歡他，就應該接受他所有的過去。逃避是無法讓妳收穫愛情的。」

我後來想了想，覺得她說得有道理。就算牟毓鵬真如我所想的，喜歡自己同母異父的妹妹又怎樣？

這無礙於我對他的感情，更不該成為我退縮、煩惱的原因。

「楊茗寶，妳——」

我打斷他的發言，「牟毓鵬，你討厭我了嗎？」

擱置蒸餾壺，牟毓鵬淡淡地抬眼，淺聲嘆息，「我沒想過妳會這麼解讀。」

「那我這陣子沒來，你就沒想過要找我嗎？」

他眼神帶著一抹難解的深意，「我想過。」

「那為什麼沒找我？」

「一直想著，明天再找妳好了，就這樣一天過了一天。」

「你是不是怕我又會追問過去的事情？」

「楊茗寶，我的過去其實一點也不重要。」

「怎麼會不重要？」我反駁他的想法，「那天我們約會，你因為一個突然出現的女人而動怒，撇下我就走了，沒有任何解釋。如果那些過去都不重要，那你為什麼生氣？」

「以後不會了。」他說。

「這不是我要的答案。」我很努力想維持冷靜，情緒卻仍然隨著他的話語起伏不定，「敞開心扉告訴我有這麼難嗎？」

牟毓鵬無奈地問：「妳知道了又能怎麼樣？」

「是不能怎麼樣，但能讓我更了解你呀！牟毓鵬，我喜歡你，所以想更了解你，有錯嗎？」

「了解一個人，不代表需要知道他的過去。」他擺明就覺得我在無理取鬧，臉色陡然冷了幾分，「這是認知上的不同。」

他戳中我最在意的點，讓我的情緒像一根快斷了的弦，啪地一聲崩裂，我揚高語氣道：「是，我們不一樣，這你不是早就知道了嗎？就因為我們很不一樣，所以你才會認為我們不適合，總是為一些你自認的理由把我推開，不斷拒絕我，不是嗎？」說到後來，我的嗓音因激動而顫抖，甚至脫口而出：「你根本就忘不了袁麗容對不對？」

有一種爭執,就像是在互相試探彼此的心意一般,每句話說出口時,都會害怕所有努力經營起來的關係就會這樣結束了。

然而此時此刻,我卻有種破釜沉舟的打算……

牟毓鵬似乎感受到了我的決心,僵持一陣後,他輕輕地嘆出一口氣,「我和麗容不是妳想的那樣。」

「我知道,她是你同母異父的妹妹。」

「阿號告訴妳了。」他用的是肯定句。我想,這大概是因為牟毓鵬和袁麗容的兄妹關係,只有阿號知道。

「對。」

牟毓鵬一手扶著吧檯,一手揉了揉眉心,「那妳還想知道什麼?」

「你是不是……喜歡她?」

我話中的意思,即便沒有挑明,他也曉得,從那細微的表情變化中,我看得出來。

牟毓鵬斂容,思索了一陣後,誠實地開口:「那是不可能的。」

當年,身為同系學長、學妹的牟毓鵬和袁麗容,是因為社團認識的。

他們有著相似的品味、共同的興趣及愛好,對生活都十分有想法,對於未來更是充滿規畫,所以一見如故,很快便成為無話不談的好朋友。

不過，多半都會和異性保持距離的牟毓鵬，身旁第一次出現外貌和他相配的女生，難免引起各方猜疑。當時緋聞傳得沸沸揚揚，以至於最後，演變成了我聽到的版本。

牟毓鵬認為清者自清，剛好也能藉機擋掉一些不必要的桃花，所以並未積極澄清，但袁麗容的狀況，卻比他想得要稍微複雜一些……

「袁麗容怎麼了？」我問。

牟毓鵬淡去目光，淺聲道：「我好像還沒告訴過妳，其實，麗容喜歡的是女人。」

我愣怔，腦袋消化著驚人消息的同時，想起蘇子樂中性的穿著打扮，以及那天他們的對話，一切似乎就變得合理了。「所以，我們在白石畫廊遇到的蘇子樂，該不會就是……袁麗容的『男朋友』？」

「麗容當時剛和蘇子樂交往，但她不敢讓父母知道，怕被責備與不諒解。她感到莫大的壓力，所以來找我討論，若緋聞不會造成我的麻煩，她希望可以暫時不要澄清。」牟毓鵬揉了揉眉心輕嘆，「我能明白父母對她的期許，和她內心的掙扎，於是，基於好友的角度，我答應了她的請求。」

「那蘇子樂呢？她怎麼想？她沒關係嗎？」自己的女友和別的男人有緋聞，她應該很難接受吧？

「蘇子樂雖然表面說願意體諒，但其實她對於麗容一直沒有勇氣出櫃，讓她只能委屈地當一個地下男友這件事，心裡是很難受的。每當聽見麗容的朋友們揶揄我和她之間的關係時,心中更是吃味。」

「既然她們是戀人的關係,蘇子樂就不可能會害她吧?」

「是不會。可是愛情有時候會讓人變得瘋狂、失去理智。」牟毓鵬啞然失笑,「它能使你快樂,也能在轉眼間將你吞噬。」

「我不懂。愛一個人,怎麼捨得傷害對方?」

「理智尚存時自然是不會,但偏偏她就是被當時的情況,逼得失去理智了……」他苦澀地低語:「我們都是。」

「當時發生什麼事了?」

牟毓鵬似乎陷入了回憶當中,又像是在思考著該如何啟齒,過了好一會,才緩緩開口:「大二段考前,麗容邀請我去她家,幫她一起整理考試重點,那是我初次與她的母親見面。她媽媽對我們的關係感到非常好奇,問了不少事情。原本我以為,那是因為她把我當成了麗容的對象,但幾次下來,我才發現……是我想得太天真了。」

「為什麼?」我屏息,心裡隱約猜到了些什麼。

「我的親生母親,在我小的時候,就因為外遇和父親離婚了。而隨著父親再婚,家中並沒有留下任何有關她的照片,更別提在成長過程中,她一次也沒來找過我。所以,當她出現在我面前,我完全認不出來。」

我的耳邊,彷彿同時響起莊淑英說過的那些話,巧合地重疊,讓我的一顆心狂跳不已,置於桌下的手，緊拽住裙襬，我壓抑著翻騰的情緒，聽他接著把話說完。

「她怕我的出現會破壞她的家庭，以及現有的幸福生活，也擔心麗容和我會產生朋友以外的感情，因此某天，在我從她家離開後，她追上了我，約我去附近的咖啡廳，坦白一切。」

我蹙眉問：「她說什麼？」

「她向我表明了身分，並要我主動遠離她的女兒和家庭。」牟毓鵬徐緩、幽長地吐出一口氣，「而且，她希望我不要跟麗容說出實情。」

一陣酸澀直衝鼻尖，我的眼眶因氤氳而漲紅，堵在胸口的悶氣令我無法言語。

「雖然沒有養育之情，但對於母親，我還是有過想像的，可惜……終究是我太天真了。」他低下頭，言語間無盡悲傷，「那些年，我為她的缺席假設過各種可能，唯獨沒想過，原來我是徹底地被拋棄了。」

眼淚撲簌而下，我的喉嚨像是被魚刺給哽住說不出話，即便想問也問不出口。

「知道自己和麗容是同母異父的兄妹後，我的心情十分複雜，不知道該怎麼面對她。而在無法坦承的情況下，我們之間開始產生的隔閡與爭執，也間接影響了她的情緒，這讓把一切都看在眼裡的蘇子樂非常不滿。」牟毓鵬神色凝重地皺了一下眉，「那天，我帶了答應要借給麗容的參考書過去，她的朋友見我們互動有些僵硬，起鬨說是小倆口吵架，麗容經不起她們的逗鬧，玩笑地作勢要親我臉頰，而這一幕，讓正好看見的蘇子樂氣到失去理智。」

我腦中閃過一個可能性，但不敢隨便說出口。

「她們交往期間,偶爾吵得厲害,我就曾聽麗容說過,蘇子樂在盛怒時,會說一些偏激的話,比如要帶著她一起去死之類的……」

他這番話,讓我那浮現的念頭,變得更加有跡可循。「難道,那場車禍不是意外?」

「蘇子樂在醫院裡醒來後,被警察偵訊時得知我和麗容的關係,感到懊悔不已。她配合調查時表示,她們是在開車途中發生爭執,才會在行經山路彎道時反應不及,導致翻覆衝出馬路。」

「但你不相信,對嗎?」

「無論我相不相信,都不重要了。我只是後悔,那天沒有攔著麗容,明知道蘇子樂儼然已經情緒失控……」

「蘇子樂的腿,是因為車禍才殘疾的吧?」

牟毓鵬點頭,「嗯,她幸運地活下來了,而麗容被送進醫院時雖然仍有呼吸心跳,但經搶救後,仍是回天乏術。」

「那你們的媽媽知道後,怎麼樣了?」

「先是接獲醫院的電話,得知麗容的死訊,幾天之後又從蘇子樂懺悔的口中,知曉整起事件的始末,與女兒的真實性向,她當場崩潰了。不過,後來她的狀況究竟如何,我也不曉得。」

「你沒再和她聯絡了,對嗎?」

「我無法輕易地原諒蘇子樂，也沒辦法繼續面對那樣自私的生母，於是和她們完全斷了聯繫。」話落，牟毓鵬停頓了一會，才接著說：「這些年，我常會懷疑，當年的那一切究竟是為了什麼？」

即便內心無比哀傷，在那張俊秀的面容上，仍鮮少會出現明顯的情緒反應，他對自己的壓抑，令我心疼得真想立刻抱抱他。

「當年你選擇沉默，是因為不想讓生母為難，也不忍見麗容難過吧？」

「或許吧……」

有件事情，我從剛才猶豫到現在，但又真的覺得不能不問，「你記得，你的親生母親叫什麼名字嗎？」

牟毓鵬對我的問題感到不明就裡，保守地開口：「我記得，她姓莊。」

天底下哪有那麼巧的事！

我震驚得差點從座位上跳起，緊咬住下唇，深怕一個衝動，就會把那天莊淑英來過咖啡店的事情告訴他。

「妳怎麼了？」

「我——」我有口難言，不知道該怎麼做才是為他好。

這幾年，他帶著過去的傷痛，好不容易平靜度過了，倘若現在告訴他，他的生母又出現了，會不會又再次揭開他的傷疤？

我到底該不該告訴他……

見我愁眉不展,牟毓鵬逕自解讀:「看來這些事情對妳而言,果然太過沉重了。」

「不是的……」

未等我說完,他突然話鋒一轉,「楊茗寶,我承認自己對妳很不公平。」投來的視線中帶著歉意。

胸口因這句話忽地揪緊,我暫時擱下心中煩惱,問:「為什麼?」

「從小到大,我只看見愛情所帶來的瘋狂與傷害……」

「我明白的。」受到過去的影響,他對愛情和喜歡一個人會有所疑慮,也是情有可原。我應該放慢步調,多給他一些時間。

「除了曾經歷的那些事情之外,我的生活一直都循規蹈矩,不是照著家人的期待,就是循著自己的規畫,沉悶無趣。我不懂得如何向人敞開心扉、更不擅於對人傾訴心事,無論開心、痛苦或悲傷,都習慣自己消化。」牟毓鵬望著我,輕嘆,「但妳和我截然不同,就像一個熱愛陽光的人,不會喜歡上雨天一樣,所以,我始終不覺得妳喜歡的,會是一個真實的我。」

「你認為我喜歡你,只是因為你的外表嗎?在你眼裡,我就這麼膚淺嗎?」

他搖頭解釋,「楊茗寶,我是一個內心有殘缺的人,或許給不起妳想要的炙熱愛情。」

「你真的不需要找一個冠冕堂皇的理由,再次拒絕我的。」我的眼眶泛紅,眼淚模糊了視線。

「我不是這個意思……」牟毓鵬低垂眉眼，似乎在思考著該如何表達。

我則自顧自地道：「即使你拒絕我也沒關係，因為我——」

「楊茗寶，」他柔聲輕喚，「其實，我想好好喜歡妳，只是我不知道，該怎麼開始才好……」

聽著他未盡的話語，我的眼淚終於禁不住地潰堤。

第十杯　雖然我們沒有說要在一起

喜歡一個人，你會不斷地認輸、不斷地妥協，拿他沒辦法，卻又心甘情願。

哎,根本沒辦法專心寫稿。

光是一段輔導級程度的情慾劇情,就折騰了一個早上……

我闔上筆電,重重地趴倒在桌上,棄械投降。

經過我身旁的胖胖調侃道:「米寶姐,妳怎麼這就趴了?是不是因為老大早上很忙,沒什麼空理妳,所以孤單呀?」

「才不是……」咕,講得我好像多黏人似的。

「不然妳怎麼看起來厭厭的?」

「哪有……我這是在想事情好不好。」我像揮走蒼蠅一樣朝他擺了擺手,「去忙你的,別吵我。」

胖胖對我的話置若罔聞,一副他都看在眼裡的模樣,笑著走開。

我的臉枕在手上,偷覷吧檯內那抹忙碌的頎長身影,想起那天他說:「有件事情阿號說錯了，其實開咖啡店是我和麗容共同的夢想。」

從法律系畢業的牟毓鵬，完成了父親對他的期待，而在那之後，他決定做真正想做的事，所以才開了「有間咖啡店」。

〈拾穗者〉代表著麗容，他希望她能透過那幅畫，在這裡與他一同看著咖啡店成長。

經過那天長談，我終於徹底明白，牟毓鵬長年以來的孤獨。

他的母親為了愛情拋棄他，而他的父親也是如此。

後母對他這個父親與前妻生的兒子心懷芥蒂，雖然表面上相安無事，卻處心積慮地在他們父子之間製造隔閡，導致他們關係疏遠。

所以，當思想和許多方面都十分契合，個性溫暖開朗的袁麗容出現，才會成為牟毓鵬心裡的一道光，他僅有的親情溫暖。

那麼，喜歡他的我，又能帶給他什麼呢？

阿號自廚房端出研發的新品，二話不說地擺在我面前，「米寶，妳嚐嚐。」

我看著小碟上設計精緻的甜點，兩片薄薄的抹茶蛋糕，以草莓切片和卡士達作為夾心，上面布置幾朵以翻糖做成的雛菊，和兩隻擬真的小瓢蟲，「哇，好可愛的蛋糕，很適合送給小朋友。」

「我做了兩塊，好吃的話，另一塊再讓妳帶給外甥女。」

「新品取名字了嗎？」

「還沒，今天是第一次做成實體。」阿號催促：「妳快嚐嚐味道。」

我捨不得破壞外觀精緻的蛋糕，東看西看，有點不知該從何下手，「你做的肯定好吃啊！」猶豫了一陣，好不容易決定從旁切塊插起，才剛送進嘴巴，他說的話就讓我噎到了。

「你們在一起了沒有？」

「咳！咳咳咳咳——」

阿號好心倒了一杯水給我，笑得十分曖昧，「這是在一起了的意思嗎？」

我拍了拍胸口，困難地出聲：「我只是單純噎到。」

「那你們……」

胖胖手裡抱著托盤靠過來，同聲問：「那你們……」他「八卦探測器」的綽號非浪得虛名。

「那你們？」芋泥端著剛收拾的空咖啡杯經過，順便停下腳步湊熱鬧。

三雙眼睛直盯著我，神情雀躍，一副等聽到好消息，就隨時準備拉炮慶祝的模樣。

「沒、有。」我直接潑了一大桶冷水。

聞言，他們一個個看上去，都比我這個當事人還要失望。

芋泥撫額嘆氣，「實在太拖了。」

阿號點點頭，「嗯……好吧，以毓鵬的個性，我不意外。」

胖胖覺得無趣，摸摸鼻子招呼客人去了。

「米寶姐，妳不如霸王硬上弓吧！」芋泥出餿主意。

我大翻白眼，「才不要咧。」本小姐也是有身價的好不好。

芋泥走前嘖了一聲，「看你們兩個這樣，我真的是會憋死！」

阿號雙手抱胸，好整以暇地問：「那妳和毓鵬現在是什麼情況？」

「不曉得。」

「你們那天談了些什麼？」

「你這是聽芋泥說的吧？」見他點頭，我吃了幾口蛋糕，三言兩語就把那天的過程做了交代，可見還真是沒什麼進展。

但阿號倒是對牟毓鵬向我的敞開感到意外，「嗯……我覺得妳快成功了。」

「成功什麼？」

「在一起啊。」

我意興闌珊地挑眉，「是嗎？」還是別抱太大的期望，免得最後更失望。

忙告一段落的牟毓鵬出現，問：「你們在聊什麼？」

「沒有啊！」

「在聊你。」

我和阿號異口同聲，答案卻不同調。

「楊茗寶，妳真的很不會說謊。」牟毓鵬睨著我，淺揚脣角，「你們在聊我什麼？」

這有點難以啟齒，我用眼神向阿號求救。

豈料阿號居然坦承道:「我們在聊你們什麼時候要在一起。」
牟毓鵬面不改色地問:「那有結論了嗎?」
「結論?」阿號咧笑,「既然你本人在這裡了,當然最好是由你親自告訴我們啊。」
「這種事情,有標準答案嗎?」
不愧是讀法律系的,自帶辯論天分,說起話來一向都不會讓自己居於下風。
「但你總該知道自己喜不喜歡楊茗寶吧?」
我是不是最好先迴避一下?他們一來一往講話這麼直接,好像都忘記我本人還在現場耶……
牟毓鵬認同,「這倒是。」
「因為喜歡,所以才願意跟她分享過去與心事,這你不否認吧?」阿號循循善誘。
牟毓鵬挑眉,「也有可能是因為她很煩,一直纏著我追問,所以才說的。」
「所以你不喜歡她嗎?」
阿號想挖坑給他跳,但牟毓鵬也並非省油的燈。
在等他回話的短短幾秒間,我緊張得都快窒息了——
「老大,一杯Espresso!」
芋泥的點單聲剛好傳來,牟毓鵬順勢轉身走回吧檯。
阿號見我一副吃鱉的表情,揚聲大笑,「哈哈哈哈,失望嗎?」

「沒關係，我已經快免疫了。」反正我不是失戀，就是在失戀的路上……習慣就好。

「工作吧！」拍拍我的肩，阿號回廚房去忙了。

我重新掀開筆電，想試著將情緒融入作品當中，找回靈感，結果發呆了好一陣，依舊零進展。

牟毓鵬端來一杯有貓咪奶泡拉花的咖啡給我，「拿鐵，沒加糖。」

「我沒有點。」

「我知道，不會向妳收錢的，喝吧。」他的語氣仍是一貫的不冷不熱，但看著我的眼神，卻多了幾許溫柔。

我捧著咖啡，看見貓咪在對我微笑。

離去前，牟毓鵬出其不意地抬手蓋住我的髮頂，落下一聲：「加油。」

我的雙手暖暖的，心跳悸動著，一掃單戀的哀怨，忽然覺得現在這樣……其實有點幸福。

♡

胖胖生日這天，經過大家討論，決定關店後就直接去KTV夜唱慶生。

阿號難得下班不用陪老婆，連他都要出席了，牟毓鵬當然沒有理由拒絕。

於是,我、牟毓鵬、阿號,芋泥和他的兩位女性朋友,胖胖和他的女朋友及兩名男性死黨,一夥人全擠進包廂內同歡。

沒聽過牟毓鵬唱歌的我,原本是很開心,滿懷期待眾人會拱我們對唱男女情歌,孰料幾杯黃湯下肚後,芋泥的女生朋友們就藉酒壯膽,開始想辦法和牟毓鵬搭話,就連胖胖的女友,目光都頻頻往牟毓鵬身上瞟去。

儘管牟毓鵬的態度一律禮貌疏離,但那些小女生一下肆無忌憚地緊挨著牟毓鵬,一下在他面前隨著音樂性感熱舞,用盡心機想引起他的注意。

我看在眼裡,胸口燃起熊熊怒火,但我既沒身分跟她們一般見識,又礙於面子無法行事,只能坐在角落乾瞪眼,拿起桌上的罐裝啤酒,決定來個不醉不歸。

一、二、三、四、五,我眼神迷茫地數著桌前五罐被喝完捏扁的鋁罐,感覺有些撐不住,後勁酒氣一衝上來就好想吐……

但身體的難受比不過心裡的,我伸手取來第六罐開封,正想繼續喝,餘光瞄到牟毓鵬朝我疾步而來。

「楊茗寶,妳不要再喝了。」他一把抽走我手中的啤酒罐,擱在我搆不著的遠處。

我感覺到熱,臉也應該發紅了,雖然不至於醉到不省人事,但視線稍微無法聚焦,「不要你管!」繼續去享受溫香軟玉啊,找我幹麼?

我挪動屁股想把那罐啤酒拿回來,肩膀卻被牟毓鵬按住。

他在我身旁坐下，低聲喝斥：「別鬧了。」

一定是因為燈光太暗，又或者是我醉了，否則怎麼會看見他眼中有著擔憂。

我氣呼呼地戳起他的胸口，「都是你的錯！」

「我怎麼了？」

「你看那些女孩，眼光都停留在你身上！長得帥就是你的錯……」我的雙手不滿地在空中胡亂揮舞，最後乾脆揪住他的衣襟，「你為什麼老是這麼受歡迎？」

牟毓鵬抓下我做亂的手，「楊茗寶，妳乖一點。」

他剛剛說什麼？

要我乖？

我哪裡不乖了！

「嗚嗚，你這麼有女人緣，讓我很難過……」我喃喃自語，覺得又氣又委屈，「而且，你到現在都還沒有……」

他握著我的手，耐著性子問：「還沒有什麼？」

「還沒有回答我，你到底喜不喜歡我？要不要跟我在一起……」我想哭，眨了眨眼，卻擠不出半滴眼淚，我難受地揉了揉胸口，「為什麼你這麼難追？比以前我最討厭的數學都難……這種感覺，就好像我已經重考了好幾次，可是還是不及格一樣。」

我酒後吐真言，結果牟毓鵬只覺得我在胡言亂語，「妳喝醉了。」

「嗚嗚嗚……」給我幾滴眼淚行不行?明明我現在很傷心,他為什麼卻感受不到呢?

牟毓鵬沉默地盯著我,而昏暗的燈光,襯得他臉上的表情看起來更加難懂。

我猜不透他,也不想再猜了。

「牟毓鵬,我不需要炙熱的愛情,我只要你……傷痕累累的你也好、嘴賤的你也好、潔癖的你也好、討厭我的你也好,要我說多少次喜歡,你才肯相信,我真的不是因為你的臉才喜歡你的?」我在他這裡踢了那麼多次鐵板,踢到腿都要斷了。

他提出一個令人摸不著頭緒的問題:「如果我變醜了,妳也喜歡?」

我打了一個酒嗝,「嗯……如果可以帥帥的,為什麼要變醜?」

牟毓鵬哭笑不得,他扶住我搖搖晃晃的身體,替我把散亂在臉龐的頭髮順齊、勾回耳後,「好,我知道了。」

既然知道還這樣對我,這可惡的男人!

我拋棄女性矜持地趴在他胸前,語氣哽咽:「那你為什麼這樣?」

「我哪樣?」

我醉醺醺地盯著他,將「害羞」兩個字拋諸腦後,臉貼得更近地問:「你根本就不喜歡我,對不對?」

「我沒有不喜歡妳。」

我皺起眉頭,不斷嚷嚷:「可是你也沒有喜歡我!你就是不喜歡我啊……」額頭抵著牟毓鵬厚實的胸膛，他身上淡淡的古龍水香好好聞，絲毫沒有沾染上KTV包廂內的煙味和酒氣。

我討厭自己對他越陷越深，然而我之於他，卻像沒有半分影響力般，可有可無的存在。即便是要安撫喝醉的我，他也不願意說點好聽的來哄哄我。

「我大概是失戀了……」

牟毓鵬握住我的雙肩，稍稍推開，「楊茗寶，我送妳回家好嗎？」

「不要！」我才不要回家，我要繼續為我悲傷的愛情哀悼。

用力揮開他的手，我突然重心不穩，整個人向後倒，所幸被他反應迅速地攬腰抱住，才不至於更加狼狽。

我使性子地瞪著他，噘嘴不願意妥協。

妳們這些小朋友，懂什麼叫做借酒裝瘋嗎？妳們現在都看到了吧？就像我這樣的……連自己可能會因此被牟毓鵬列為拒絕往來戶，也無所謂了。

得意洋洋地環視一眼那些覬覦牟毓鵬的小女生們，不爭氣的我，卻在此時悲傷逆流成河，眼眶蓄滿熱辣的眼淚——

一首點播歌曲的前奏旋律悠然響起，這首歌我會唱！

我抓來麥克風，開啟原音跟唱。

在人群中排隊　在十字路口徘徊
臉書的動態　誰給誰安慰　星座運勢從沒有準過幾回
一個人煮咖啡　快想不起有人陪的感覺
淚鹹的滋味　誰喜歡回味　平靜過日子也是一種面對
我沒有預期會和你相遇　沒準備好再淋一場大雨
不想再重複　最壞的結局　只想把不堪的夢留在過去
是誰的安排我和你相遇　彷彿什麼傷都可以痊癒
你每一個眼神都　穿透我的猶豫　彷彿能重新游向幸福的　島嶼

在對的時候　遇的人不對　在一起也很狼狽
你的笑鬆開我的糾結　讓愛破繭飛成蝴蝶
從不曾預期會和你相遇　像阻止不了突來的大雨
儘管經歷過　最壞的結局　也許我該勇敢為自己繼續
上天的安排我和你相遇　沒痛過哪有愛過的證據
你每一個眼神都　穿透我的猶豫　你是我期待已久的不期而遇

〈不期而遇〉演唱：梁文音／作曲：木蘭號aka陳韋伶／作詞：黃婷

我唱完隨即崩潰大哭，掄著無力的拳頭往他胸膛上揮舞。

這一刻，我終於徹底意識到，自己是真的拋棄形象和尊嚴地在喜歡這個，和我一點也不合拍的男人。

牟毓鵬嚴肅地瞅著我，眉頭深鎖，像是我犯了什麼極為荒唐的錯誤，令我頓時無地自容。

然而不久，他卻將我一肩扛起，不顧我意願地執意要送我回家。

他的舉動惹得眾人一陣驚呼，唯一沒喝酒的阿號上前來關心狀況：「她還好吧？」

「她不好。」迷迷糊糊間，我聽見牟毓鵬說：「醉得一蹋糊塗。」

阿號取來我的隨身包遞上，「那你趕快送她回去。」

「結束後要先麻煩你結帳，看最後多少我再給你。」

「哎，這是小事啦！」阿號揮了揮手，送我們出包廂。

牟毓鵬將我安置在櫃檯玄關處的沙發椅中，叮囑道：「乖乖坐好，我送妳回家。」

他剛剛那樣扛著我走來走去，害我頭暈目眩，才點了一下頭就差點吐出來。

待牟毓鵬打電話叫計程車時，我的神智已經開始渙散，連他什麼時候扶我上車都不記得了，最後的印象，只剩他捧住我的頭，讓我安穩地躺靠在那夢寐已久的懷裡……

喝醉的我,通常不會作夢,但恍惚間,我似乎聽見了一道熟悉眷戀的聲音:「楊茗賓,妳要不要起來換套衣服?」如夢境般,一點都不真實。

不要,我好累。我翻身,將臉埋入掌心。

不知道過了多久,一股濃厚的酒氣,突然從胃、食道一路逆流而上竄至咽喉,我急忙掀開覆蓋在身上的棉被,衝進浴室,翻開馬桶蓋及坐墊,低頭狂吐,「嘔——」

一隻手無預警地從後方探出來,替我撩起頭髮,嚇得我花容失色,驚叫一聲跌坐在地。

牟毓鵬發現嚇到我了,出聲安撫:「楊茗賓,別怕,是我。」

我還來不及感到丟臉,就繼續抱著馬桶大吐特吐了起來,但仍不忘喝止他的靠近,「你別過來!」

牟毓鵬掌心貼上我的脊背輕拍,關心地問:「妳還好嗎?」

「很噁心、很臭……你出去啦!」我艱澀地開口,嗓音沙啞,「你這個有潔癖的人,不會受不了嗎?」

「不會。」

我先是一愣,接著狼狽地以手遮面,「你、你別這樣看著我,我現在一定醜死了。」

「妳平常就醜。」

這個男人嘴巴真的很壞耶!我不悅地撇脣。

等吐得差不多了,我沖完馬桶,從外面衣櫃裡拿了幾件乾淨衣物返回浴室,開口趕人:

「你出去，我要洗澡。」

他瞅著我，欲言又止。

「幹麼？」我沒好氣地問。

「原來妳胸部這麼小。」

我瞠目，雙手錯愕地環抱在胸前，不敢相信自己聽見了什麼。

「牟毓鵬……你剛剛偷看我的身體嗎？」

「有這個必要嗎？」牟毓鵬沉穩淡定地開口：「妳的床上有內衣。」

聞言，我拔聲尖叫，慌亂地衝出去，把散布在床上的貼身衣物全數扔進衣櫃。

「牟毓鵬，非禮勿視的道理你懂不懂！」

「如果妳沒有把內衣亂丟，或者妳今晚沒有喝醉，不需要我送妳回來的話，我就不會看到那些了。」他邊說邊走出浴室，靠在牆上，氣定神閒地睨著我。

我被堵得啞口無言，只好在他面前用力關上浴室的門。

原以為牟毓鵬會在我洗澡的時候離開，結果當我洗完、換好睡衣出來，發現他還在，怡然自得地彷彿當在自己家一般。

我倒抽一口氣，「你為什麼還沒走？」

牟毓鵬凝視我半晌，正經地道：「妳不覺得，我們有必要聊聊妳今晚的誇張行徑嗎？」

我羞赧地別過眼，「我、我怎麼了？」

「妳把自己喝成那樣的理由是什麼?」

我喝醉的時候,不是都已經借酒裝瘋,把該說、不該說的全說了嗎?他到底還想要聽我講什麼?

「我……」

「妳不記得了?」

拿下包在頭上的毛巾,我眼神迴避地擦著頭髮,「嗯……那個……」

「妳過來坐。」

他何必追根究底?之前不是都很逃避的嗎?幹麼挑這個時間點說開?

掙扎了一會,我才不甘願地挪步至他身側坐下,自知理虧地主動道:「我知道我不應該喝醉啦,造成你的困擾,我很抱歉。」

「楊茗寶。」牟毓鵬扳過我的身體,讓我面對他,十分嚴肅地警告,「妳以後不准再喝那麼多酒,聽到了沒有?」

我不滿地咕噥:「你憑什麼管我?」

他看出來我在鬧脾氣,明知故問:「我有沒有回應妳,真的這麼重要嗎?」

怎麼會不重要?

「有哪個女人向男人告白後,會不想知道對方的回應?」

況且我都已經告白那麼多次,他的態度卻始終不明不白,偶爾好不容易感覺彼此的心貼近了，又因為一點小事退回去。

就算他想放慢步調，需要時間培養感情，但總得給我些信心，讓我能繼續等下去吧？

「從我的行為，妳真的看不出來嗎？」

我氣噗噗地逐字道：「看、不、出、來。」

牟毓鵬一言不發地望著我，眼中那般平靜，讓人讀不出任何訊息。

「幹麼，你以為你不說話，我就——」

話語停頓在他的吻裡，我反應不及地瞪圓了眼，當然，也還來不及享受，他就已經退開了。

「妳想過，如果我們在一起，會是什麼樣子嗎？」

「嗯？」我仰頭，愣愣地眨了幾下眼後回神，「想過。」

他啞聲問：「那是什麼樣子？」

我思索了一會，「你可能會很常生氣，因為我愛遲到，對未來沒有規畫，個性太過隨性，也不那麼愛乾淨；我可能也會很常生氣，你老是管東管西，一遲到就要擔心你會放我鴿子，出去旅行可能還得提前做好功課，還會經常被你罵不愛乾淨，我討厭被碎碎念，那會讓我心情不太好，可是……」

「可是什麼？」牟毓鵬斂容，神情帶著一股壓抑。

「可是我有信心能讓你快樂。」我堅定地望向他，勾起一抹微笑，「牟毓鵬，我會因為你愛上雨天,但我也會成為你的太陽,將陽光照在任何你所及之處。」

他靜默許久,直到我在心裡做了被他再次拒絕的打算,落寞地低垂眼簾,他才緩緩開口:「明年……和我一起去探望麗容,好嗎?」

我驚喜地點頭,「當然好!」

「我想告訴她,」牟毓鵬輕輕握住我的雙手,鄭重地說:「我也遇到了一個……想愛的人了。」

我的眼底淚光閃爍,這次不是因為難過,而是喜極而泣。

「你一定可以做得很好的,因為我知道,你是一個多麼溫暖的人。」

愛一個人,不只要愛他快樂的樣子,不只想擁有他的付出與愛情,也要能擁抱他所有的殘缺與不足,成為那個能令他圓滿的人。

我想成為對牟毓鵬而言,那樣的一個存在。

他伸手觸摸我的笑窩,輕聲低語:「謝謝妳,楊茗寶。」

「謝謝你,牛牛王子。」我調侃。

包裹頭髮的毛巾鬆開,我這才想起來頭髮還沒吹乾,取來吹風機、插上電源的同時,牟毓鵬自我手中抽走,主動為我吹髮。

我望著前方,內心忽然升起一絲感嘆,又有些鼻酸,雖然不曉得現在適不適合提起這個話題,但思忖後,仍然決定開口:「你真的無論如何,都不肯原諒蘇子樂嗎?」

牟毓鵬的動作明顯一頓，我懊惱著自己多管閒事，卻又覺得這個結遲早要解的。

一會，隔著吹風機轟隆隆的嘈雜聲響，我依稀聽見他問：「如果妳是我，妳會怎麼做？」

我對於他會徵詢我的想法感到意外，想了一下後回答：「還是要告訴她的吧……」

牟毓鵬關掉吹風機，以手撥了撥我吹乾的頭髮，「為什麼？」

「因為……麗容不是愛著她嗎？」我小心斟酌著用詞，轉身面向他，「既然如此，那她應該會想見她的吧？」

牟毓鵬露出一抹複雜的笑，「是嗎？」

「我覺得失去麗容，對蘇子樂而言，已經是最大的懲罰了。」話落，我主動輕擁住他，靠在他胸前低語：「但這不是對你的懲罰，你明白嗎？」

他微彎身，下頷抵在我的頭頂，幾不可聞地「嗯」了一聲。

我們默契地以短暫沉默結束話題。

就在我靠得正舒服，差點睡著時，牟毓鵬出聲道：「楊茗寶，妳不用為了我改變，做自己就好，我會每天——」他垂首凝望我為了聽他說話略揚的臉龐。

遲遲等不到後續，我挑眉，「每天……」

牟毓鵬一個傾身，深深地吻住我的唇，而後笑著說：「這個時候，不是應該要閉眼睛嗎？為什麼眼睛還是瞪得跟金魚一樣大？」

我臉紅心跳，覺得這比初吻還令我緊張，眼睛來不及閉，牟毓鵬就又吻了上來。

這次,他雙手環抱住我,溫柔繾綣地落下搔癢人心的細吻,在我的唇、眉眼和額間……

「楊茗寶,我會每天都學著更加珍惜妳的。」

驀然湧上心頭的感動,令我喜極而泣,就好像重考了好幾次的數學,終於及格了一樣。

從彼此厭棄,到互相喜歡,我和牟毓鵬之間,就像從零開始走到一,而那一顆空洞的心裡,從此,裝進了一個我。

最後一杯　剛剛好的我們

我不需要一段完美的愛情，我只需要，一個剛剛好的你。

結果最後，牟毓鵬還是沒坦承他喜歡我，但看在那幾個吻上，我決定不跟他計較了。

其實，我覺得現在這樣一切都好。

雖然我們沒有說要在一起，雖然我們在「有間咖啡店」相處的時間，多於單獨約會，雖然我們處於一種微妙的戀愛關係，但我覺得這樣剛剛好。

可有人情場得意，就有人愛情失意。

剛和女友分手的胖胖，渾身散發出低氣壓，憔悴的面容及哭喪的表情，讓人想不知道他失戀都難。

「身為一個男人，你能堅強點嗎？」

「米寶姐，妳不懂啦……」胖胖哀怨地瞟我一眼。

我忍不住想嗆他，「女生失戀這樣我還可以理解，但男生就——」

不等我說完，他立刻反應激動地回嘴：「現在已經是男女平等的時代了！有人規定男人失戀就一定要表現得很堅強嗎？我們的感情就不是感情了嗎？人心都是肉做的，不會因為是男生就比較不容易受傷……」

「好好好,是我說錯話了,對不起、對不起!」我舉雙手投降。

詩詩坐於高腳椅上斜倚著吧檯,主持公道地說:「米寶妳說這話是有些過分了。」

「我只是真的沒見過有男孩子失戀像他這樣的……」飯也不吃,整天垂頭喪氣,好像對世界絕望了一樣,而且還動不動就哭。

詩詩用手肘頂我一下,示意我別再說了,主動關心胖胖,「你們分手多久了?」

「兩天。」

詩詩點了點頭,深表遺憾,「才剛分手啊,那確實是很難過,請節哀。」

「節什麼哀,又不是死人了……」

「舊情已逝啊,失戀就像死過一回,妳沒聽過這種說法嗎?」

「沒有。」我搖頭,順便翻了個白眼。

胖胖思及傷心處,再度受挫地掩面,哽咽道:「對吧對吧!我是真的很難過……」

「那女生為什麼要跟你分手啊?」我問。

胖胖神色哀傷,一開始搖頭,後來才說:「大概是喜歡上別人了。」

還好現在是店休時間,否則以他的狀態,恐怕會嚇到客人。我擺了擺手,「哎,變心的女人不值得你如此傷心啦!」

「我對她那麼好!不管她想要什麼,都盡可能地滿足她,每次只要她一通電話,我便立刻提到，下雨天她懶得出門，想吃什麼我也會買好送去她家。」

「我怎麼聽起來，覺得你比較像是Uber Eats。」

「楊茗寶，妳不會安慰人就少說兩句。」詩詩瞪我一眼，以唇形要我閉嘴，接著問：「胖胖，你和她交往多久啦？」

「快一年半了。」

詩詩判斷，「那應該是保鮮期過了吧。」

「其實你們分手，我倒是挺為你感到開心的。」我由衷地道。

胖胖和那名女孩交往時，我曾觀察過他們之間的互動模式，有幾次他們要去約會，女孩來店裡等胖胖下班，等得稍微久了些就會生氣，擺著一張臭臉，然後胖胖就會好言好氣地哄她，像小丑一樣逗她開心。

胖胖完全沒想過，自己其實並沒有錯，工作偶爾加班無可避免，如果身為女朋友，連這點小事都不懂得包容體諒，還要辛苦工作的男友低聲下氣求她息怒，那這段感情，基本上就是不對等的，在一起越久，也只是互相折磨罷了。

他或許很喜歡她、很愛她，可以永無止盡地包容，但難保有一天不會爆炸。

不過，最重要的是，那天慶生唱歌，明明胖胖才是壽星主角，她卻沒有盡到身為女朋友的本分，還一直偷看牟毓鵬，找機會想搭話接近，光是這點，我就覺得不行！

「就算他們不合適，分手了難免還是會傷心的嘛。」詩詩說。

「我知道失戀傷心在所難免,但那個女生就不值得胖胖這麼難過啊。」我警告胖胖:「你千萬別去把她追回來,我堅決反對!」

詩詩失笑,「妳算哪根蔥,胖胖幹麼聽妳的?」

我是他未來的老闆娘啊!

好吧,這種話只能想在心裡。

我不滿地橫了詩詩一眼,她到底是不是我的好姊妹啊?當著胖胖的面也不給我點面子。

胖胖吸吸鼻子,問:「為什麼?」

「你自己說,你跟她在一起時開心嗎?」

「開心。」

「是你自己開心而已,還是雙方都開心?」

「……」胖胖被我的話給問住。

「有時候,你可能會因為一個人對你很好而感到動心,接受對方的追求,但那畢竟無法長久。總有一天你會發現,你要得遠遠不僅於此,你所想要的,是一個你真正喜歡的,而非工具人。」我婉轉地曉以大義,就怕會太傷胖胖的心。「你能明白嗎?」

詩詩點頭附和:「米寶說得沒錯。我覺得你應該好好想想,或許這段感情,從一開始就是錯的。」

「所以，妳們的意思是，她只是喜歡我對她的好，而不是我這個人嘍？」胖胖的眼中泛淚，「但是我真的很喜歡她……」

「你也擁有過她了啊。」我拍拍他的肩膀，給予安慰，「哎唷，沒事的，下一個會更好。」

牟毓鵬自廚房內出來，見胖胖一副灰心喪志的模樣，眼眶還有淚水在打轉，便道：「恆達，如果真的難過就回家吧。」

胖胖再次哽咽，「老大，我……」

「你這樣上班既沒精神，也會嚇到客人，還是回去好好休息，盡快振作起來。」

胖胖雖然失戀，但仍是有責任心，「那店裡要怎麼辦？今天芋泥又沒排班……」

「有楊茗寶啊。」牟毓鵬指向我。

「欸，我什麼時候變成你的員工了？」

他理所當然地說：「我看妳對店裡的業務也很熟悉了，兼職一天應該不是什麼難事。」

「我不要！」我吐舌拒絕。

詩詩在一旁笑得樂不可支，被我肘擊。

牟毓鵬勾唇，「妳忍心看恆達都失戀了，還要強忍傷心地工作嗎？」

「牟毓鵬，你真的很可惡！」明知我容易心軟，根本是吃定我！

不等我同意，他便逕自對胖胖道：「她答應了，你下班吧。」

「謝謝米寶姐！」

我撫額,覺得牟毓鵬這隻狡猾的狐狸,肯定是早就算計好了。

詩詩附唇在我耳邊低語:「真甜蜜啊。」

我瞪了她一眼,哀怨地問:「哪裡甜蜜了?他這是讓我做苦力……」

「我覺得你們這樣挺好的啊!」她樂見其成地笑道:「在一起,剛剛好。」

我轉過頭,與牟毓鵬投來的目光交會,他抬眉,笑得一臉得意。

詩詩支手托腮,「喜歡一個人就是這樣,你會不斷地認輸、不停地妥協,拿他沒辦法,卻又心甘情願。」

我撓了撓鼻子,偷偷地傻笑。多希望牟毓鵬對我,也是如此。

「對了,米寶。」切了一小塊蛋糕入口,詩詩問我:「妳姊和姊夫後來怎麼樣了?」

我端起咖啡輕啜,「我覺得目前大概是最好的狀態了。」

楊茗萱斬斷了和陸皓明的婚外情,努力試著與姊夫重建家庭,所幸姊夫對她仍有所留戀,不至於做得太絕,也才有挽回的空間。近日,他們開始慢慢恢復良好的互動關係,即使處於分居狀態,但他們會一起帶小孩出遊,偶爾夫妻倆還會相約,單獨出去吃飯聊天,就像剛交往時一樣。

發生那樣的事以後,不是每一對夫妻都有機會破鏡重圓,希望經過這次的教訓,楊茗萱是真的能夠好好把握,徹底地改過自新。

「那阿楠呢?」

「她很好呀，聽說已經有了新交往的對象，還是個天菜，長得又帥又專情，百聞不如一見，真希望有機會能親眼見證一下。」

「哪裡認識的？」

「好像是出版社企業合作認識的。」她參加那幾場聯誼，都比不上緣分真正要來的時候。

「聽起來很棒。」

「可不是嘛！」我打從心底為阿楠感到開心。

每段在「有間咖啡店」裡發生的故事，似乎都有了一個不錯的結果……

「那妳呢？」詩詩問。

「我什麼？」

「妳現在幸福嗎？」

我視線追尋著那抹忙碌中的帥氣身影，笑嘆：「幸福啊。」

我越來越喜歡「有間咖啡店」了，喜歡這裡的人、事、物，喜歡這裡發生的一切，包括那個男人。

牟毓鵬仍然不常與我說心事，好聽的話更是偶爾才會說，而損我的話是絕對不會少，但也有些話，即便他沒說，我也曉得。

我不會再追問他喜不喜歡我，不會再問他要不要交往，因為實際的行動大過於言語，我喜歡這樣與他自然相處,無形中建立屬於兩個人的默契。

他讓我不會迷失自己,給予我極大的自主空間與彈性,我從不曾像現在這麼清楚地知道,自己真正想要的是什麼。

是牟毓鵬使我明白,唯有忠於自己,才能擁有一段平等的感情。

我不是公主,而牟毓鵬也不是王子,我們只是兩個平凡的人,在平凡的生活裡,過著再微小不過的日常,卻也為如此的簡單,感到心滿意足。

「太好了,聽妳這麼說,我就放心了。」詩詩開心地給了我一個擁抱後起身,「那我先走啦。」

「妳要去哪裡?」

「最近有一個朋友請我幫忙拍服裝型錄,等等要先去試裝。」

詩詩離開後,牟毓鵬朝我扔來一塊抹布。

「幹麼?」

他揚了揚下巴,指使道:「去擦桌子。」

「我、不、要!」

「工作半天,我會算時薪給妳。」

「謝謝你喔!」我咬牙切齒,不情願地擦桌子去。

他在我身後刻意叮囑:「要擦乾淨。」

我不服氣地回頭朝他扮鬼臉，卻見他揚起笑容，眼底透著柔情，忽然覺得心好暖，又再度對他投降了。

店休過後，客人陸續上門，兩名女孩走進店裡，其中一位長得特別可愛，笑起來時臉頰會有兩個甜甜酒窩。我帶她們至預定的席位，她們雖面對面入坐，視線卻都飄向正在煮咖啡的牟毓鵬，不停交頭接耳。

不久，長相甜美的女孩害羞掩笑，拍了一下朋友的肩膀後，從隨身包包內抽出一封信。

這種狀況我已經看過不少次了，大概能預測後續會發生什麼事。

等等她就會從座位起身，在朋友的鼓勵下前往吧檯，然後帶著嬌羞的神情，向某人交出手裡的情書——

牟毓鵬並未收下，瞥了一眼後問：「這是什麼？」

「我……我喜歡你！」女孩鼓足勇氣表白。

我挑起一道眉，緩緩地走至吧檯邊，單手托腮，不僅沒有吃醋，反而看得津津有味。

牟毓鵬發現我置身事外地打算在一旁吃瓜，不懷好意地勾起嘴角。

他現在是在挑釁？難不成打算收下情書嗎？

我不動聲色地微瞇起眼。

兩回合眼神交戰後，牟毓鵬對女孩開口：「該怎麼辦呢？」

「嗯？」女孩面露疑惑，不太理解他的意思。

牟毓鵬伸手指向我,「我已經有她了。」

女孩聞言,一張臉頓時漲紅,向我彎身道歉:「對不起!我不知道妳是他的女朋友。」

我淡淡地以眼神問牟毓鵬:女朋友?我是嗎?

他沒再表態,只是對女孩說:「謝謝妳的心意。」

目送女孩失落地回到座位後,我克制著心中的驚喜,出聲道:「請問,我什麼時候變成你女朋友了?」

「我有承認嗎?」

「但你也沒有否認啊!」

牟毓鵬靜睨我半晌,勾勾手指,「楊茗寶,妳過來。」

「幹麼?」我狐疑地靠近,上半身越過吧檯。

牟毓鵬倏地將距離縮得更近,嘴脣幾乎貼在我耳畔,我能感受到他呼出的氣息,正搔癢著我的頸窩,感覺一陣酥麻,接著,他以迅雷不及掩耳的速度親了一下我的臉頰。

我瞬間石化,害羞的視線無處安放,「你、你你你——」

「半天的薪水。」他似乎很滿意自己對我造成的影響,「要認真工作。」

「哪有這樣的!」我嘴上抗議,但表情卻掩蓋不住心頭的甜蜜,「牟毓鵬,我要錢啦!給我錢!」

♡

這天，咖啡店準備打烊的時候，走進了一位不速之客。

牟毓鵬臉上瞬間變化的神情，令我心中冒出一股忐忑。

縱使我猶豫得再久，該來的還是來了。

莊淑英客氣地朝我點一下頭，並未多加寒暄，像是初次來到一般。

牟毓鵬迎上前，遲疑了一會才道：「……好久不見。」

窒息的氛圍，隨著他這句話落，無限蔓延開來。

莊淑英對上牟毓鵬的目光，抿直的唇，顯示出她不安的情緒，「方便坐一下嗎？」

牟毓鵬依言領著她至最內側的位子，「需要喝點什麼嗎？」

莊淑英小心翼翼地開口：「如果可以……我想喝一杯你煮的咖啡。」

他點了一下頭，二話不說地走進吧檯內張羅。

等候期間，我幫忙端了兩杯水過去。

她看似有千言萬語，最後仍是化為了一句簡單的問候：「最近好嗎？」

「都好。」我回答，未多做停留，以目前的狀況不適合說太多。

過了一會，牟毓鵬將熱騰騰的咖啡擺在她桌前，拉開椅子入座。「不知道妳喜歡喝什麼，只記得那年在咖啡店，妳點的是這個。」

莊淑英低語:「卡布奇諾……」

我刻意與他們保持一段距離,但仍是聽得見他們的交談。

她趁熱喝了幾口,神情難掩驚豔,眼中寫滿對他好手藝的讚許。

「妳怎麼知道這裡的?」牟毓鵬問。

「你的店很有名。」

「為什麼來?」

「我……」莊淑英有些無所適從,平復了一下心情,問:「這些年……你過得好嗎?」

「還好。」

她環顧四周,「你把店裝潢得很漂亮。」

牟毓鵬態度疏離,低應:「謝謝。」

莊淑英將目光停留在〈拾穗者〉上,「之所以掛這幅畫,是因為麗容嗎?」

「是。」牟毓鵬置於桌面的手緩緩曲起,即便態度依舊平穩,聲調卻隱含著某種情緒,「我沒有多少時間可以聊。」

聽出他的言下之意,莊淑英切入重點地說:「我知道每年麗容忌日,墳前都會有一束她最愛的海芋,是你放的。看管墓園的管理員跟我說,你每年都會固定去探望麗容,而且會在她墳前待上一陣子,整理周圍的雜草,並將墓碑擦拭乾淨……」她面露苦笑,「但我卻從未遇見過你。」

「這樣比較好。」

「為什麼？」

「因為我們已經沒有見面的必要。」

莊淑英抬起泛紅的雙眼，「毓鵬……」

「我沒關係，妳不需要這樣。」

「對不起。」但她終究還是哭了，嗓音斷斷續續地說：「這一切，都是我的錯，對不起……」

牟毓鵬擰眉，沉下眼色。

「是我這個做母親的太自私了。如果我能多理解她一點，或許這一切就不會發生了。」莊淑英自責不已地掩面哭泣，「不只是麗容，對你，我也沒有盡到做母親的責任。你也是我的孩子，當初，我怎麼能對你說出那樣的話……」

「莊女士，現在再說這些，都沒有意義了。」一聲稱謂，清楚劃分他們之間的界線，隔著一張圓桌，幾公分的距離，卻有著無法跨越的裂痕。

他不怪她、不恨她，卻也不再需要她。

從小到大，她注定要缺席他的人生，這是當初她選擇的，即便後悔，也回不去了，畢竟傷害已然造成。

哭了好一會,莊淑英才逐漸冷靜下來,關心地問:「你放棄成為律師,開這間店,是不是為了要完成麗容的夢想?」

「不是。」牟毓鵬坦言,「這間店,也是我的夢想。」

她的表情閃過一抹訝異,「是嗎?」

「我從來就不想當律師。當初就讀法律系,只是為了滿足父親的期待。」

「那你爸爸知道嗎?」

「他很生氣。」牟毓鵬雲淡風輕地說:「我從家裡搬出來獨自生活後,已經很久沒回去了。」

「那你媽媽……」自知口誤,莊淑英趕緊改口,「那你父親的太太,也都沒關心過你嗎?」

「她一直都是一個疲於做表面功夫的人。」

「所以你爸他也就──」

牟毓鵬輕扯唇角,「你們其實都是一樣的,在孩子和愛情之間,都選擇了愛情。」一句話,終止她的過問。

或許是覺得無顏以對,莊淑英低頭道歉:「對不起。」

他目光淡然,「沒關係,我覺得現在這樣很好。」

「麗容過世以後,我花了很長一段時間才走出傷痛。不知不覺,就過了這麼多年……」她滿懷歉疚,慚愧地說:「有些事情,我認為應該要讓你知道,卻遲遲不曉得該如何面對你,因為覺得後悔、覺得太對不起了。」

牟毓鵬交握於桌上的手緊了緊，側臉微繃的顎線，無聲地顯露出他正壓抑著某種情緒。

「我在整理麗容遺物的時候，發現了她的日記，裡面有她寫下的許多心事。那些關於她不敢讓我知道的真實性向，與蘇子樂交往的狀況，以及對你……」頓了頓，莊淑英鼻酸地繼續說：「你對她而言，與其說是朋友，更像是一個哥哥。她在日記裡不止一次地寫到，如果毓鵬是我的哥哥那就好了。」

這一刻，任憑再多的隱忍，牟毓鵬也克制不住潸然而下的淚水。

莊淑英握住牟毓鵬置於桌上的雙手，哽咽道：「毓鵬對不起，我真的……對不起你。」

看見牟毓鵬哭，我的胸口糾結成一團，連忙用手抹抹溼潤的眼角。他和生母之間這麼多年的心結，或許一時半刻無法解開，但他們能重新面對彼此，把過去的事情說開，已經跨出很不容易的一步了。

至於剩下的，就慢慢來吧，時間是治癒傷口最好的解藥。

後來，莊淑英又向牟毓鵬問了一些關於我的事。

我想，自從上次她聽我提及跟老闆還「滿熟的」，應該就對我產生了好奇。但牟毓鵬不願多言，以他們目前的狀況，也不適合多聊，所以她並未勉強。

莊淑英離開店裡時，向我道了謝，目送她離開後，我想起桌上那一坨坨擦有鼻涕眼淚的衛生紙還沒收拾，正打算處理，牟毓鵬已先發難：「楊茗寶，妳給我收乾淨。」

「知道了啦。」

「妳剛剛哭什麼？」

「你管我，我就愛哭不行喔？」

丟完垃圾，我一回頭，牟毓鵬把我攬進了懷中。

雙手環住他的腰，我自他的胸前抬頭，「你現在還好嗎？」

他悶聲，「嗯哼。」

「那就好……」

牟毓鵬抱著我的手緊了緊，像是要把我給揉進身體裡。

一會，他問：「妳和她……認識？」

「那次你外出參展，她來過，是我招待的。」

他沒繼續多問，只說：「妳趁我不在店裡，偷偷跑來打工了？」

我順勢要求，「那你要補我薪水嗎？」

「阿號有請妳喝咖啡，就算相抵了。」

「牟毓鵬，你真的很壞。」專門欺負我的。

他稍稍放開，淡淡地開口：「既然早就猜到了，為什麼不告訴我？」

「怕你難過。」

牟毓鵬握著我的肩，生澀地說了聲：「謝謝。」

趁現在居於上風，我故意逗他，「對了，剛剛莊女士問，我是你的誰？為什麼不回答？」

他看穿我的心思，瞇起眼裝傻，「不知道妳在說什麼。」

明知故問耶！

我噘嘴，鬧起小情緒，「牟毓鵬，你真的很過分！」

「我怎麼？」

我掙脫他的懷抱，戳了戳他的胸口，「好啊，你就繼續裝傻好了。」

牟毓鵬勾唇，一把將我再次圈回胸前。

正當我考慮是否別再跟他計較時，他更過分地說：「楊茗寶，妳是不是變胖了？」

我聽見理智線斷裂的聲音，氣急敗壞地怒叫：「牟毓鵬，你放開我！」

牟毓鵬放開掙扎的我，俊逸的臉龐掛著好看的笑容，不過此刻在我眼裡，只有非常地欠揍。

彷彿沒氣夠我似的，他再補了一句：「原來是真的。」

「什麼真的假的？」

「真的胖了。」他得寸進尺地問：「胖了幾公斤？」

「牟毓鵬！」

「如果不是事實，妳幹麼這麼生氣？」

牟毓鵬享受著把我惹火的樂趣,見我氣得跳腳,笑得更加開心。

我氣到背過身去,不想再搭理他。

女人的兩大顧忌他不知道嗎?一不能提年齡,二不能問體重啊。

牟毓鵬將我拉回來,捧起我的臉,猝不及防地落下綿密繾綣的吻,我忿忿不平的情緒瞬間沒出息地被澆滅。

與牟毓鵬擁吻時,我分神地想著,他根本就是我的剋星!

結果被發現我不專心,他直接輕咬了我的下唇一口。

我推了推他,「唔,痛啦!」

「妳在想什麼?」

我抬起頭,如實回答:「在想你。」

「想我什麼?」

「想我真是沒救了……」

「嗯。」他認同地點頭,「一物剋一物。」

「是啊,我被你剋得死死的。」

「所以,除了我身邊,妳哪裡也不能去……」語畢,他丟下我,逕自去忙了。

最後他以唇語說的幾個字,我看見了——「妳是我的。」

「我是你的誰？」

「妳是我的。」

我被這樣的土味情話，逗笑得像個傻瓜，卻甘之如飴。

♡

「米寶姐，妳坦白說，是不是在跟我們家老大談戀愛？」開店前，打掃完的胖胖趁著空檔，黏在旁邊想打探我和牟毓鵬的八卦。

芋泥受不了地直翻白眼，「周恆達，你真的很遲鈍耶！現在才發現喔？」

胖胖訝異地張大嘴巴，「什麼？已經交往很久了嗎？」

「你眼睛是脫窗嗎？他們互動這麼明顯你看不出來？」

「所以米寶姐要跟我們老大結婚了嗎？」

我忍不住出聲：「欸欸，這話題扯遠了吧。」

胖胖歪著頭，雙手抱胸認真思考了一下，「蛤……好難想像老大告白的樣子喲。」

「呃，他沒有告白。」大家是不是誤會了什麼？

他們驚訝出聲：「蝦米？沒有告白？」「什麼？居然還沒有告白？」

「所以,米寶姐是自己問老大願不願意跟妳在一起,然後老大剛好也沒有反對這樣嗎?」

「呃……差不多這個意思吧?」中間的過程太複雜了,我懶得解釋。

芋泥無法理解,「天啊,你們怎麼可以連談個戀愛都這麼不乾不脆的?」

「不乾不脆嗎?」嗯……好像是有一點。

胖胖有聽沒有懂,推了芋泥一把,「所以他們到底是有沒有交往?」

芋泥聳肩,目光投向我。

「應該……有?」

「暈。」胖胖誇張地扶額,嘆道:「你們簡直比八點檔還拖戲。算了,我還是去準備開店好了。」

「我那天看見你們營業前在店裡……我還以為……」芋泥欲言又止。

「嗯?」

他抹了一把臉,搖頭,「沒事。」跟著去忙了。

面對他們的反應,我不以為意,反正我和牟毓鵬現在好好的就夠了。

我靠坐在吧檯邊,雙手托腮,期待著阿楠和她那位新男友的光臨。

不久,一雙牽著手的人影出現在門口,芋泥見來客眼熟,主動為他們開門。

阿楠的新男友果然是天菜,濃眉大眼、五官深邃,俐落的短髮向後梳整,露出飽滿的額頭，而那包裹在POLO衫下的結實線條，更是令人目不轉睛，真的好養眼。

阿楠向我打招呼，介紹男朋友給我認識，「茗寶，這位是王博志。」

王博志禮貌地向我點頭致意，笑起來一口潔白牙齒非常迷人。

「你好，我是楊茗寶，阿楠的朋友兼工作夥伴，我是她負責的小說作者。」雖然一直盯著人家看很失禮，但他真的長得很帥耶。

阿楠忍不住呵呵笑，「楊茗寶，妳似乎滿喜歡我的男朋友？」

我收回視線，尷尬地羞紅了臉，誠實說道：「他很帥啊。」

王博志聞言朗聲大笑，感覺是個性格開朗的男人。

「那就盡量看好了，我不介意。」阿楠倒是大方。

感覺後腦杓莫名有道犀利的目光掃來，我打了個冷顫，回頭發現牟毓鵬正揚眉睨著我。

我搖頭，乾笑兩聲，「呵呵，恐怕不行……」

阿楠瞥了一眼我身後那位連吃醋都特別收斂的男人，瞭然於心地笑說：「也是，妳都已經有那麼帥的男人在身邊了，就別太貪心吧。」

我們又聊了幾句後，芋泥才帶著他們入座，我走向吧檯內的男人，樂見他吃醋的模樣，「你看我的眼神很奇怪喔！」

牟毓鵬持續著手邊的工作，不甚在意地開口：「有嗎？」

我雙手扶桌、傾過身,壓低音量道:「你吃醋啦?」

他似笑非笑地反問:「如果我也一直盯著別的美女看,妳吃不吃醋?」

我馬上板起臉,「當然不准!」

「那妳剛剛在看什麼?」

「欸……那是阿楠的男朋友,我只是欣賞一下,又沒有什麼。」我自認理由正當。

牟毓鵬點了一下頭,「了解。」

完了,感覺他一定會用相同的方式報復我,他才沒那麼好說話。

我放軟態度,撒嬌道:「唉唷,你幹麼這樣……不要生氣嘛……」不過是多看了其他帥哥幾眼,怎麼搞得我好像做了什麼虧心事一樣。

他笑得可怕,「嗯?我怎麼了?」

「你吃什麼醋嘛?反正還不是我比較喜歡你,你有什麼好擔心的?你甚至都沒跟我說過你喜歡我,我比較委屈吧……」

「這是兩回事吧?」

我不悅地噘嘴,悶聲道:「順便翻舊帳啊!你不知道嗎?這就是女人。」

牟毓鵬沒理我,熟稔地煮好咖啡後端上桌。

「這是什麼?」

「熱美式。」

我迫不及待地品嘗，濃郁的香氣布滿味蕾，在唇齒間留有餘韻，我逸出滿足的嘆息聲。

忽然，牟毓鵬令人摸不著頭緒地說：「誰先喜歡誰還不一定呢。」

我捧著杯子，眨了眨眼，一時沒聽清，「嗯？」

「楊茗寶，我看到妳在筆記本上寫的話了。」

差點把含在口中的咖啡給噴出來，我拿衛生紙擦嘴，眼神飄移，「你、你怎麼能確認是我？搞不好是其他的愛慕者。」

但我這樣的反應，根本是此地無銀三百兩啊！

「如果不是妳寫的，妳怎麼會知道內容是什麼？」

再繼續否認就變成狡辯了，我輕撓鼻子，點頭承認，「那你怎麼知道是我寫的？」

「我認得妳的筆跡。」

「我的字，你應該只看過一次而已吧？」就情書那次，但都已經過多少年了……

「過目不忘。」

算了，如果他連這樣都能找到我寫的話，我也是服了，「所以呢？」

牟毓鵬漾開一抹笑，垂視著我的眼神忽然變得好溫柔，「我回了，就在妳那句話的下面，妳不想知道我寫了什麼嗎？」

「想！」我抓來放在一旁的筆記本，快速翻找出我留字的那頁。

我好像喜歡上你了，牟毓鵬。

見到他文字回覆的當下，我激動地淚水盈滿眼眶。

或許，妳早就已經在我的心裡了。

楊茗寶，我更喜歡妳。

我仰頭，對上牟毓鵬深情的目光，他伸手輕撫我臉龐，像是把我當成了最珍視的人。他緩緩地靠近，在我的唇上落下一吻，柔聲問：「小姐，我煮的咖啡，妳還滿意嗎？」

我眨了眨眼，輕咬下唇，嘴角綻出笑容，「剛剛好，先生。」

全文完

番外一　筆記本裡的告白

週六早晨的捷運站內，少了熙來攘往的上班族，多了一抹悠閒寧靜。

出站後，前往「有間咖啡店」的途中，藍天白雲、陽光絢爛，正如我和楊茗寶在店內重逢的那天。

想起惦記在心裡的那個人，我不自覺地流露笑容。

準時八點踏入店內，我反身掛上「休息中」的特製木牌，伸手探向電源開關，調節一室的空調與燈光。

我一如繼往地踱步至吧檯，不急於投身忙碌之中，而是從旁取來店內提供給客人，抒發心情或塗鴉繪圖的公用筆記本。裡頭每一頁都承載著各種想像、紀念事蹟，以及那些無法勇敢傳達給某個人知道，埋藏於心中的祕密。

思及此，我腦海裡閃過那天，楊茗寶鬼鬼祟祟地拿著原子筆在上面寫字，因為怕被發現，又趕緊闔上本子的慌張模樣。

嗯，很可疑……

我翻開筆記本，漫不經心地快速掃過幾頁，其中充斥著諸多無厘頭的留言。

——吧檯煮咖啡的男人好帥！

這樣的稱讚,我已經看太多了。筆記本內,針對我外表寫下的評論,大概占了四成。

——哇塞,咖啡也太好喝了吧!以後喝不到了怎麼辦?

不怎麼辦。真的覺得那麼好喝的話,可以常來光顧。

——我覺得其中一個店員是不是該減肥了?

是在說恆達?其實他胖得挺有個人特色的。

——有隻貓因為玻璃門太乾淨而一頭撞上,摔得四腳朝天,笑死我了!

我知道在說哪一隻,楊茗寶最愛那隻笨貓了。

——廁所乾淨到像是樣品屋,我都不敢尿了。

那你也可以憋著,去別的地方尿。

翻開下一頁,我的指尖滑上了一段文字,停留在那捎來訊息的字句,和沾有咖啡漬的泛黃皺褶,嘴角的笑意漸深。

這麼多年了,她的筆跡依然沒變。

——我好像喜歡上你了,牟毓鵬。

我想我終於明白,當年在收到楊茗寶錯塞的告白信時,是懷抱著什麼樣的心情,或許曾有過瞬間的期待也不一定——希望楊茗寶告白的對象是我。

思忖半晌,我決定提筆在下方寫上回應。

楊茗寶於九點半時推門而入,看起來沒什麼精神,可能昨晚又熬夜趕稿了。

我站在吧檯內刷著杯子，出聲問：「妳今天為什麼這麼早來？」

「想你了。」

她從不避諱表露對我的喜歡。在這一點上，我們挺不同的。

楊茗寶喜歡一個人，會時時刻刻掛在嘴邊，表現在行為上，而我卻是內斂地，習慣把感情埋藏在心底。

「妳來得正好。」

楊茗寶挨著吧檯，輕輕地打呵欠，「什麼？」

我望著她，感受著自心中深處湧現的那股悸動，霎時忘了言語。

「你幹麼這樣看著我？」楊茗寶皺了下眉，抬手摸了摸臉頰，「我臉上有什麼東西嗎？」

她總會因為捉摸不定我的想法而感到心慌，彷彿喜歡我，就像走在一條鋼索上，隨時都會摔落，所以特別小心翼翼。

我搖了搖頭，拿出手機隨機點播一首情歌後，走出吧檯，拉著反應不及的楊茗寶至店內坐席間的空地相擁，隨音樂緩慢地律動。

這是我極少數中，能為她做的一件浪漫的事。

楊茗寶又驚又喜地瞅著我，而那愉悅的笑容，足以點亮整個世界——我的世界。

And I love you so

(我是如此的愛你)
The people ask me how
(有人問我)
How I've lived till now
(我是怎麼活到現在的)
I tell them I don't know
(我說我也不曉得)
I guess they understand
(我想他們應該知道)
How lonely life has been
(人生是多麼寂寞)
But life began again
(但人生又重新開始了)
The day you took my hand
(自從你牽我手的那一天起)

楊茗寶眼底盈滿喜悅的光芒,如銅鈴般悅耳的笑聲,伴著音樂繚繞。

我握緊她的手，將她更貼近自己。

And you love me too

（你也愛着我）

Your thoughts are just for me

（你所想的都是為了我）

You set my spirit free

（你釋放了我的靈魂）

I'm happy that you do

（我很高興你所做的一切）

到了心動時刻，我啟脣，在她耳邊，跟著低聲合唱：

And yes I know how loveless life can be

（我也知道人生是如此寂寞）

The shadows follow me

（陰影跟隨着我）

And the night won't set me free

（黑夜也抓著我不放）

But I don't let the evening bring me down

（但我不會因為夜晚而消沉）

Now that you're around

（因為現在有你在我身旁）

Around me

（就在我身旁）

楊茗寶稍稍退開，臉龐洋溢著幸福，我握著她的手，舉臂拱起一道弧線，她配合著完美演出，在我面前優雅旋轉。

餘光之中，我發現前來上班的阿號和芋泥，他們帶著祝福的笑容，不忍心打擾我們，體貼地站在門外。

我低頭靠在楊茗寶的耳畔，想起有件事忘了跟她說：「我告訴她麗容在哪裡了。」

「誰？」她疑惑地挑了下眉，又很快地意會過來，「真的？」

「嗯。」

「為什麼突然改變心意？」

「也沒有突然……」我感到如釋重負地輕嘆，「因為，妳不是說麗容會想見她嗎？」

楊茗寶朝我俏皮地皺鼻子，瞇起眼笑道：「你真棒。」

我為她的可愛動容，卻不免依然嘴硬地說：「當然了，妳以為我是妳嗎？」

楊茗寶不服氣地掙扎了一下，而我將她抱得更緊。

The book of life is brief

（生命是一本簡短的書）

And once a page is read

（一旦被讀完）

All but love is dead

（除了愛，其餘一切都會消逝）

That is my believe

（那是我深信不疑的）

〈And I love you so〉原唱／作詞／作曲：唐・麥克林【註一】

擁著她，我不禁想，在這間什麼事都有可能發生，承載著回憶、思念與希望的「有間咖啡店」裡——

她的出現,是我生命中最美好的意外。

註一:中譯參考:atelier35hermit.pixnet.net/blog/post/212511648

番外二　牟毓鵬的祕密

直到現在，我都還清楚記得，第一次見到楊茗寶，是在她非常糗的時刻……

那天下著滂沱大雨，天空彷彿裂了一道缺口，雨水像是被人從天上倒下來，偶爾劇烈的狂風吹送，連撐傘都顯得多餘。

楊茗寶穿著一件式的白色長版T-Shirt，雙邊袖緣有三條黑圈，衣服正中央標示著幸運數字7，短筒襪配休閒鞋。她綁著一個包包頭，露出耳垂後那一顆小巧的六芒星刺青，左手腕掛著五圈手環，右手食指和無名指都帶著銀環戒指。

如此浮誇的穿著打扮，令我一眼便認出她來——文學系的楊茗寶，長相甜美漂亮，在商學院和文學院頗有名氣，也十分受到理工系男同學們的歡迎。

從前都只是聽說，第一次見到本人，容貌確實不差。

我撐著牢靠的直立傘，它的支架剛硬防風、傘面大，有足夠的遮蔽空間，雖然小腿以下的褲管和球鞋仍被浸溼，但不至於狼狽。相較於眼前，撐著一把支架輕盈的小傘迎面走來，匆匆與我擦肩而過的楊茗寶，明智得多。

畢竟面對如此惡劣的天氣，一般折疊傘根本承受不住強風，支架會凹折、扭曲變形，無法達到擋風遮雨的效用。

剛這麼想著,身後突然傳出的一陣尖叫聲,使我頓下腳步回頭,而映入眼簾的畫面,證實了我的想法。

楊茗寶背對著我,狂風驟雨將她的傘面吹得開花,本來就有撐跟沒撐一樣的雨具已然壽終正寢,她全身瞬間溼透,氣呼呼地摔著傘,順便補了兩腳以洩心頭之恨。

我雖然不太欣賞她的穿搭風格,但她生動的眉宇神情,卻讓我認不住多看了幾眼,直到她從我面前冒雨跑步離開,我才發現自己上揚的嘴角,不是因為她的狼狽,而是為那孩子氣的嬌嗔可愛。

後來想想,我們其實經常在校園內巧遇,偶爾擦肩而過,偶爾相互對眼又匆匆撇過,而有的時候,是只有我看見她,好人緣地被簇擁在朋友群中,笑容爽朗、活潑陽光的模樣,總是能讓我的目光忍不住為她停留。

那大概是我生平第一次,注意起某個女孩⋯⋯

楊茗寶喜歡一位和我固定在籃球場上組隊的球友,所以,她不時會在籃球場周圍徘徊。收到她告白信的那天,我難得地手足無措,即使她告白的對象不是我。

我看著那封意外出現在背包裡的情書,上頭娟秀的字跡,洋洋灑灑地寫下她對球友的愛慕之情,而最後一句寫到:

正恩學長,我喜歡你,請你跟我交往吧!

我想，她一定會很焦急等不到學長的回覆，如果她不知道自己天兵的塞錯情書到別人背包裡的話。

我原本打算用正常一點的方式歸還，但我想，貼布告欄應該最快，好過我四處打探她的聯絡方式。可是又不得不承認，這其中壞心的成分居多。

我實在好奇，這麼做的話，她的反應會是如何？

現在回想起來，當時的我，是否就像一個為了引起喜歡的女孩子注意，而故意欺負她的幼稚小男孩？

情書事件發生的隔天，楊茗寶氣呼呼地衝到系上來找我理論，當我聽她劈里啪啦地罵完，心裡只惦記著一件事，「你們在一起了嗎？」

「是啊，你問這什麼意思？」她橫眉豎目地瞪著我，懷疑我的企圖。

我斂容，淡淡地說了一聲：「恭喜。」

其實我並不意外他們會在一起，看起來是挺登對的，即便我的心裡……有些不是滋味。

番外三　不期而遇

那年的畢業典禮,晴空萬里。

早上八點十分,畢業生們進行校園巡禮,楊茗寶擠進圍觀人群之中,試圖從那一個個身著學士服列隊而行的人龍裡,尋找出熟悉的身影。

原本可以睡到自然醒,但在這屆畢業生中,有幾位過往十分照顧她的學長姊都畢業了,懷著感恩的心情,她特別起了一個大早梳妝打扮,還在校門口買了幾束花,準備送給他們。

由於現場人潮眾多,她沒找到學長姊,反倒是一眼便瞧見,比身旁畢業生們高出一顆頭的牟毓鵬。俊逸的外貌和身高優勢,讓他特別醒目。

平時巧遇,都不會令楊茗寶感到特別驚豔的他,也許是受到陽光的洗禮,抑或是她被太陽曬得頭昏眼花,她竟不自覺地看著牟毓鵬的側臉出神……

直到他轉過頭來,與她的目光交會。

即便有那麼多女孩子,為他的一舉一動而瘋狂,高聲呼喊著他的名字,但在牟毓鵬的眼底,卻只倒映著那個看起來單純、呆萌的楊茗寶。

巡禮結束,所有畢業生魚貫而入綜合體育館,楊茗寶和兩位朋友一同坐在觀禮席上,經過一段冗長的致詞和頒獎流程後，典禮接近尾聲，牟毓鵬上台代表全體畢業生致謝詞。

「牟學長真的很帥耶！」坐在左側的毛秀卿眼冒愛心，抓著楊茗寶的手臂用力猛搖。

楊茗寶覺得自己的手差點要脫臼了。

坐在右側的簡邵維伸手越過她，推了一把毛秀卿的肩膀，譏諷地問：「欸欸，妳今天真的要跟牟學長告白喔？」

毛秀卿拍開他的手，面露嫌棄地翻了個白眼，「怎樣？你很遺憾我愛的不是你嗎？」

處於狀況外的楊茗寶，倒是一臉認真地跟著問：「妳今天真的要跟牟毓鵬告白喔？」

毛秀卿點頭，撥了下長髮，自信地說：「對啊！不然妳以為我打扮得這麼美幹麼？」

楊茗寶上下打量了她一番，「確實很用心。祝妳成功。」

簡邵維沒誠意地大笑，「哈哈哈，祝妳好運喲！」

毛秀卿橫目，不滿地癟嘴，「吼！你們這什麼態度啦？」

「沒有啊，我只是聽說，這幾天向牟毓鵬告白的女生都沒有成功，所以……妳保重。」對於勇氣可嘉的毛秀卿，楊茗寶深感佩服。

簡邵維雙手盤胸，故作沉思道：「我是不知道妳哪來的自信，敢去向牟毓鵬告白啦。」

聞言，毛秀卿雀躍的神情瞬間垮了下來，尷尬地一咳，「我……我美啊！」

毛秀卿擁有一雙水靈大眼，纖長捲翹的睫毛，挺立的俏鼻及櫻桃小嘴，烏黑如瀑的長髮，配上一百六十八公分、穠纖合度的身材比例，走起路來婀娜多姿、風情萬種。

她確實很有條件,但楊茗寶和簡邵維都一致認為,牟毓鵬不是一個單看外表的膚淺男人。

簡邵維不以為然地聳肩,「是喔。」

「喂,你這什麼態度?」毛秀卿不服氣地問。

「我是覺得妳告白就等於失戀,還是別不自量力比較好。」簡邵維補充。

毛秀卿懶得跟他說,改問楊茗寶:「那妳覺得呢?」

楊茗寶語帶保留:「不要讓自己後悔。」畢竟不到黃河心不死,單戀的終點,總是需要一個結果。

「OK!」毛秀卿握拳,下定決心,「那就依照原定計畫告白。」

牟毓鵬在一陣歡聲雷動中走下台,領著全體畢業生向師長及家長們行謝禮。禮成,大家高拋學士帽,為畢業典禮和他們的學生生涯,畫下完美的句點。

典禮結束後,楊茗寶找到要獻花的學長姊,將花束送出去,並和他們拍了幾張紀念照,就躲到教學館內的一間空教室透氣。

長時間待在人多的地方,楊茗寶會覺得十分不自在,而且,她和各自去找學長姊的毛秀卿及簡邵維走散了,打電話給他們也沒接通。

按掉手機螢幕,楊茗寶呆坐在靠窗座位,眺望典禮會場外遲遲不肯散去的人潮。

「楊茗寶?」

聞聲，楊茗寶轉頭朝傳來聲音的方向望去。「嗯？」

牟毓鵬站在教室門口，眼底閃過一絲異樣的光芒，表情卻依舊沉穩平靜。

「你怎麼會在這裡？」

「同學說有個女生有話想和我說，那個人——該不會是妳吧？」

楊茗寶立即搖頭否認，「當然不是我！」

牟毓鵬斂下目光，輕喃：「所以，找我的不是妳……」

其實他知道，那名找他過來的女生，應該是要向他告白。近幾天，這類事情頻繁發生，他是基於禮貌前來拒絕，只是沒想到會看見楊茗寶，原本嘴邊準備好的台詞，一下子就吞了回去。

半晌，牟毓鵬說：「那我想，妳恐怕需要迴避一下了。」

他話才說完，楊茗寶就透過窗，發現走廊上正往這間教室走來的毛秀卿。

她倏地自座位上跳起，眼見毛秀卿越走越近，無處可逃的她腦袋一片空白，急忙奔至教室最後方的座位，蹲身躲了起來。

一見到牟毓鵬，毛秀卿便開心地喚道：「牟學長！」

牟毓鵬轉身，淡漠疏離的目光，輕輕掃過那張過分豔麗的臉龐，「是妳找我嗎？」

毛秀卿完全沒有發現躲在教室後面的楊茗寶，雙眼發亮地點頭，「我還以為你不會來呢。」

牟毓鵬單刀直入地問:「妳找我有什麼事嗎?」

此刻他心思根本不在眼前的學妹身上,而是想著蹲在最後一排座位後方的笨女孩。叫她迴避,她卻不知道要從後門離開,竟然傻傻地躲在那裡。

牟毓鵬顯得有些心不在焉了。

然而毛秀卿卻渾然未覺,試探性地開口:「牟學長,請問你現在有喜歡的人嗎?」

「沒有。」回話的同時,牟毓鵬心想,楊茗寶蹲在那兒腿不會麻嗎?

「我聽說,有滿多女生向學長表白的,難道其中都沒有學長比較——」

牟毓鵬擰了下眉,「妳到底想說什麼?」

毛秀卿感受到他明顯的不耐煩,於是不再兜圈子,鼓起勇氣道:「學長……我喜歡你!我知道你現在可能不喜歡我,但是我希望我們可以先從朋友做起。」

牟毓鵬面不改色地斷然拒絕,「我覺得沒那個必要。」

毛秀卿面露失望,「為什麼?」在來之前,她還自認戰術會很成功,不期待能馬上交往,只求先從朋友做起,以為這樣被拒絕的機率應該會低一些,沒想到牟毓鵬竟這般不留情面。

她忍不住問:「是因為……那位學姊嗎?」

牟毓鵬臉色一沉,微抿起的脣,透露出他的一絲不悅。袁麗容的事情,即便是對身旁熟悉的朋友,他也未必願意多談,這位學妹如此冒昧地提問,實在過於唐突了。

毛秀卿的告白,感覺上要無疾而終了。楊茗寶暗自低嘆,這個結果完全不出所料啊!

牟毓鵬對美女免疫是眾所皆知的事，但毛秀卿也未免太傻了，好端端提人家過世的前女友幹麼？這不是分明往牟毓鵬的傷口上灑鹽嗎？

「不，是因為我以後也不會喜歡妳。」牟毓鵬無情地回答，沒有絲毫委婉，不僅現在拒絕，就連未來也斷絕了任何可能。

毛秀卿從未被人如此狠心地拒絕過，大受打擊地吶吶：「學長，你怎麼可以說得這麼肯定……」

「因為我很了解自己。」

「可是——」

毛秀卿試圖做最後掙扎，但牟毓鵬直接句點她，「沒有可是。」

話落，這件事就到此為止了，牟毓鵬表現得非常明白。

縱使有再多的不甘心，毛秀卿礙於顏面，也不想繼續死纏爛打，「好，我知道了。祝福學長，未來前程似錦。」

牟毓鵬禮貌疏離地點頭致謝。

待毛秀卿走遠，牟毓鵬往教室後方看去，出聲道：「妳可以出來了。」

楊茗寶沒有馬上起身，因為腿麻了。她低呼一聲，歪七扭八地扶著椅背站立，雙腳輪流輕踏著，想盡快促進血液循環。

「我叫妳迴避，妳可以從後門出去，為什麼要蹲著？」

「我一時沒想到嘛……」

牟毓鵬挑眉睨著楊茗寶不自然的走路姿勢,有點想上前扶她,但心中的驕傲卻不容許自己那麼做。

楊茗寶隨口問道:「秀卿長得很漂亮耶!你不喜歡嗎?」

「長得漂亮我就要喜歡嗎?」

「俊男美女的組合很搭啊。」

他對她這樣的觀點不予置評,「她是妳朋友嗎?」

「對啊!我朋友剛因你而失戀,所以我現在該去安慰她了。」楊茗寶扯扯嘴角,想到這是毛秀卿生平第一次告白被拒,等會兒肯定會哭得慘烈。

牟毓鵬淺聲道:「那快去吧。」

楊茗寶頷首,越過他往門口走去,但沒多久又被叫住。

「楊茗寶。」

停下步伐,她緩緩回頭,「幹麼?」

牟毓鵬拉近兩人之間的距離,卻忽然不曉得自己叫住她的目的。

氣氛頓時變得有些微妙。

他們四目相對,尷尬地靜默了幾妙,直到楊茗寶大笑出聲,「哈哈哈哈哈。」

「妳笑什麼?」牟毓鵬不解地問。

「你不覺得這一連串發生的事情，都很荒謬嗎？」從他們在教室巧遇，她為了躲避毛秀卿蹲在教室後面，到現在他叫住她，卻露出無話可說的表情。

牟毓鵬鬆開輕蹙的眉宇，會心一笑。

楊茗寶主動朝牟毓鵬伸出手，「總之，恭喜你畢業，牟毓鵬。」

牟毓鵬難得地失神，頓了一下才回握。

一位同樣身著學士服的男同學探頭進教室，對牟毓鵬道：「毓鵬，教務主任找你。」

他們像觸電般放開了彼此的手，而楊茗寶的臉龐染上一抹羞澀，她甚至不敢多看牟毓鵬一眼，便頭也不回地快步離去。

望著那道纖細的背影，牟毓鵬心中莫名地升起一股異樣的感受。

「怎麼了？」男同學問。

收起多餘的思緒，牟毓鵬清了清喉嚨，搖頭，「沒什麼。」

男同學以大拇指比了比楊茗寶離去的方向，「剛剛那是文學系的楊茗寶吧？」

「你知道她？」

「當然，我朋友很喜歡她，還告白過呢！」

牟毓鵬神色半斂，漫不經心地虛應：「是嗎？」

「不過被拒絕了，哈哈哈哈——」

前往教務主任辦公室的路上，牟毓鵬想起他後半段的大學生活，而楊茗寶的身影，一點一滴地浮現於腦海之中。曾幾何時,她的存在竟也變成了一段特別的回憶。

究竟,是從什麼時候開始的呢?

牟毓鵬原本以為,離開校園以後,他們會像兩條平行線般不再相見,然而幾年過去,楊茗寶卻在某個尋常的小日子裡,意外地走進了「有間咖啡店」。

「牟毓鵬!」

當目光對上那雙驚訝的眼眸,牟毓鵬的心底彷彿有什麼活了過來,並且緩緩地發酵……

「楊茗寶。」

隨著喚出她的姓名,他終於深刻感受到,她是真的再次、鮮明地出現在他的世界裡。

♡

「楊茗寶……」

趴在咖啡店吧檯上淺眠的楊茗寶,聽聞這聲輕喚,睡眼惺忪地咕噥:「怎麼了?」

牟毓鵬深情地笑,瞅著睡得迷迷糊糊的她,忽然開口:「我愛妳。」

楊茗寶瞬間清醒了許多,她抬頭,不確定地問:「你剛剛說什麼?」

他沒有立即回覆,只是捧住她的臉,吻上那張微啟的唇瓣。

空氣中洋溢著幸福的氣息，他們笑鬧似地親吻彼此，而後他以額頭抵著她的，終於如她所願地道——

「我說，我愛妳。」

番外四　雖然他不常說我愛妳

楊茗寶認真地數了數,牟毓鵬對她說「愛」的次數。

從交往、結婚到懷孕以來,不出三次。

他們沒有辦婚禮,因為不喜鋪張。求婚的時候,牟毓鵬也只是說:「我們去戶政事務所登記吧。」就讓楊茗寶感動地簽下了終身契約。

但或許是懷孕受荷爾蒙影響,變得特別容易情緒化,最近楊茗寶對於牟毓鵬愛不愛她這件事情,經常感到糾結不已。

幾分鐘前,他們才為了牟毓鵬不說愛她,陷入冷戰。

接晴晴放學的途中,鬧彆扭的楊茗寶悶不吭聲,把牟毓鵬當成透明人,連看都不看他一眼。

「楊茗寶,都要當媽媽的人了,妳非得這麼幼稚嗎?」

站在校門口旁等晴晴的空檔,牟毓鵬打算和正在情緒中的老婆好好地理性溝通。

不過面對不理性的另一半,這樣的開場白,顯然只會惹得對方更不高興而已。

「你才幼稚,你全家都幼稚。」

「楊茗寶,胎教。」

「那你怎麼沒有想讓寶寶，感受到父母很相愛的樣子？」

「只有說我愛妳，才能讓妳感受到我愛妳嗎？」

「那說一句我愛你，是會讓你——」想起胎教，楊茗寶伸出食指彎了彎，比出「死翹翹」的手勢。

牟毓鵬看了忍俊不禁。

笑屁！她現在很生氣耶！楊茗寶板著一張臉，更火了。

他們鬥嘴到一半，一道稚嫩的憤怒聲，瞬間引起他們的注意——

「你別跟著我啦，討厭耶！」

「只有笨蛋，才會在玩躲避球的時候，用臉去接球。」

「就算我笨也不關你的事！」

「有笨蛋在我面前做笨蛋才會做的事情，我很難不講。」

「你不要以為你是班長就了不起喔！你這是雞婆！」

「如果妳可以用點腦，我也不用白費脣舌。」

兩位小朋友，在他們前方不遠處吵了起來。

晴晴鼻孔裡插著還能隱約看到一點血跡的衛生紙，怒氣沖沖地和跟在她身側，高出一顆頭，模樣俊秀的小男孩爭執不休。

「晴晴。」牟毓鵬出聲喚道。

聞聲,晴晴轉頭,一見到他們,便撇下男孩匆匆地跑來,「牛牛王子!」

儘管牟毓鵬已經和楊茗寶結婚,理應稱為「姨丈」,但她調皮的不肯改口,偶爾私下還是愛這麼叫他。

楊茗寶暫時忘記和牟毓鵬的爭執,津津有味地瞅向保持了些距離,站在一旁的男孩,問道:「晴晴,他是誰啊?」

「討厭鬼。」

楊茗寶挑眉,「討厭鬼?」這種感覺,怎麼跟她在嫌棄某個人時,有異曲同工之妙?

「對呀,不要理他啦!」

既使被晴晴嫌棄到不行,那名男孩也依然沒有離開,超齡的沉著目光,像是在暗自觀察著他們和晴晴的關係。

「妳為什麼這麼討厭他?」牟毓鵬問。

「因為他都管東管西。」

「管東管西,是因為他是在盡班長的職責,還是因為他就是想管妳?」

「他就是嫌我笨吧……」晴晴瞥了男孩一眼,忽然癟嘴感到委屈。

「比如說像什麼?」

「就像今天體育課打躲避球,我本來是想接球的,結果沒接好,不小心被打到臉,就流鼻血了。」

「然後呢？」

「然後他就跑過來罵了我一頓，拖我去保健室的途中還一直嫌我笨……」

「他經常嫌妳笨嗎？」

「他常常說他不跟笨蛋玩，但每次又要一直管我。」話匣子一打開，晴晴抱怨連連：「像上次我把鉛筆盒弄丟了，放學在教室裡找，他就一直在旁邊碎碎念，後來我不想找了，他還要拖著我沿著走廊找。」

「確實是挺煩的。」楊茗寶故意幫腔，也不曉得是講給誰聽的。

「還有一次，我在操場上跌倒，膝蓋破皮，他不但不安慰我，反而說我腿短就算了，連走路都會跌倒。陪我去保健室的時候，護士阿姨幫我擦藥，我都痛哭了，他還罵我笨。」

這男孩根本就是牟毓鵬的縮小版吧？楊茗寶忽然覺得心有戚戚焉。

牟毓鵬循序漸進地又問：「那他都沒有對妳好的時候嗎？」

「嗯……」晴晴歪著小腦袋，想了想後，細數道：「他幫我找到鉛筆盒，我受傷擦完藥他扶我回教室，偶爾題目不會算的時候，他也會教我……」

「那有沒有同學懷疑過他喜歡妳？」

「沒有。」晴晴搖頭，「但我有問過他是不是喜歡我，可是他說我很笨，不想跟笨蛋在一起。」她回頭瞥了男孩一眼，小小聲地說：「那應該就是不喜歡的意思吧？」

「我覺得他很喜歡妳耶。」牟毓鵬下結論。

晴晴眨著困惑的大眼,「牛牛王子怎麼知道?」

「因為——」牟毓鵬頓了頓,露出溫柔的微笑,「我當初也是這樣對妳姨姨的。」

「可是,喜歡的話,不是應該要像王子對待公主一樣好嗎?」

牟毓鵬沉吟,「我們是比較特別的王子呀。」

「比較特別的王子是怎麼樣的?」

「就是……默默守護的類型吧。」

「那公主怎麼會知道你喜歡她咧?」

「用行動證明啊。」牟毓鵬揉了揉晴晴的頭頂,「最後,我們把一輩子都給了公主,從此過著幸福快樂的日子。」

「好深奧喔。不懂。」

晴晴甩了甩頭,但楊茗寶卻聽懂了。

牟毓鵬給的愛情,從來都不想只是嘴巴說說。因為千言萬語,比不過日久情長。

「你幹麼還不回家?」晴晴揚聲問男孩。

男孩走來,將手中的粉色水瓶交給她,「喏,妳的。」

「對喔,我忘了。」

「妳什麼都嘛忘了。」男孩嘀咕。

牟毓鵬意味深長地笑問:「我們家晴晴很可愛吧?」

男孩的臉上，瞬間露出一抹赧然。

牟毓鵬拍拍他的肩膀，「我們晴晴，以後要麻煩你多多照顧了。」

「誰要他照顧啊，哼。」晴晴傲嬌地雙手抱胸、撇頭。

楊茗寶望向牟毓鵬，見他坦然的眼底情深意濃。她主動牽起他的手，在心裡無聲地告白：「我愛你。」

握緊她的手，牟毓鵬道：「晴晴，我們該走了。」

「蛤……我可以去那邊找朋友說一下話嗎？」見朋友們三三兩兩地走出校園，晴晴撒嬌地問。

「不行。妳姨姨現在懷孕，沒辦法站太久。」

楊茗寶輕晃了晃兩人交握的手，幸福地喟嘆。

她終是找到了屬於自己的童話，此生有他，已足夠。

番外完

後記

不知道這本書出版的時候,疫情是否已經舒緩了,我們的生活,是不是也已經回歸正常?

忽然想起,不曉得是誰,在過去曾經和我說過:「妳現在過的每個平凡日子,或許覺得沒什麼,但其實都是得來不易的。妳應該帶著愉快的心情,去迎接每個睜開眼的早晨,好好享受、認真生活。」

我記得當下,我還笑她老土,說有什麼好感慨的?

現在卻覺得深有感觸。

什麼時候,我們才能回到正常的生活呢?

如果早知道,那些從前我認為微不足道的小事會變成奢望:偶爾回高雄享受媽媽的照顧、探望阿公阿嬤;想去哪裡旅行,就整理行李出發;想約哪個朋友逛街,就拿起手機發訊息;想去哪間餐廳吃飯、想去哪裡喝咖啡就出門……

會不會每當那些時候,我就不會懶惰癌發作,猶豫著想:算了,還是以後再去吧、下次好了。

如果早知道,要與親人、好友見面,抱抱他們、和他們訴說想念和愛,現在只能透過冰冷的電子螢幕，從前的我，會不會更願意放下身段，也要黏在他們身邊，花更多的時間陪伴。

但再多的早知道也於事無補，只剩下每天早上起床，糾結著今天要不要出門去採買食糧和民生用品的日子。

——你們，也和我一樣嗎？

不過，在打這篇後記的時候，我仍然心存感激。

謝謝你們都健康平安，謝謝無論我在不在身邊，你們都仍惦記著我，謝謝每個早晨，我還能醒來向你們說聲早安，也謝謝此時此刻，拿著書看到這裡的每個你。

現在的我們，每天都待在家裡，為了未來能再與親人和朋友們相聚團圓，雖然可能會宅到瘋掉，可能會喪失許多樂趣，可能會意志消沉。雖然不知道那點微末的「平凡日子」要等到什麼時候，但不要放棄希望。

為了每個在乎、愛你的人，勇敢堅持下去。

我相信不會太久的，我們一定能再帶著微笑，與彼此相見。

願大家平安喜樂、健健康康。

米琳

國家圖書館出版品預行編目資料

剛剛好，先生 / 米琳作 . -- 初版 . -- 臺北市 :
POPO 出版 : 家庭傳媒城邦分公司發行, 民 110.07
面； 公分 . -- (PO 小說 ; 57)
ISBN 978-986-06540-0-4(平裝)

863.57 110008677

PO 小說 57

剛剛好，先生

作　　者／米琳
企畫選書／簡尤莉
責任編輯／簡尤莉、吳思佳
總 編 輯／劉皇佑
行銷業務／林政杰
版　　權／李婷雯

總 經 理／伍文翠
發 行 人／何飛鵬
法律顧問／元禾法律事務所　王子文律師
出　　版／城邦原創 POPO 出版　城邦原創股份有限公司
台北市中山區民生東路二段 141 號 6 樓
電話：(02) 2509-5506 傳真：(02) 2500-1933
POPO 原創市集網址：www.popo.tw　POPO 出版網址：publish.popo.tw
電子郵件信箱：pod_service@popo.tw
發　　行／英屬蓋曼群島商家庭傳媒股份有限公司城邦分公司
聯絡地址：台北市中山區民生東路二段 141 號 11 樓
書虫客服服務專線：(02) 25007718・(02) 25007719
24 小時傳真服務：(02) 25001990・(02) 25001991
服務時間：週一至週五 09:30-12:00・13:30-17:00
郵撥帳號：19863813　戶名：書虫股份有限公司
讀者服務信箱 email：service@readingclub.com.tw
城邦讀書花園網址：www.cite.com.tw
香港發行所／城邦（香港）出版集團有限公司
地址：香港灣仔駱克道 193 號東超商業中心 1 樓
email：hkcite@biznetvigator.com
電話：(852) 25086231　傳真：(852) 25789337
馬新發行所／城邦（馬新）出版集團 Cité(M)Sdn. Bhd.
41, Jalan Radin Anum, Bandar Baru Sri Petaling,
57000 Kuala Lumpur, Malaysia.
電話：(603) 90578822　傳真：(603) 90576622
email：cite@cite.com.my

封面設計／Gincy
印　　刷／漾格科技股份有限公司
經 銷 商／聯合發行股份有限公司
電話：(02) 2917-8022　傳真：(02) 2911-0053

□ 2021 年 (民 110) 7 月初版　Printed in Taiwan.

定價／280 元

 ISBN 978-986-06540-0-4